［新］詩論・エッセイ文庫㉖

土曜美術社出版販売

生きることと詩の心

佐相憲一

［新］詩論・エッセイ文庫26

生きることと詩の心＊目次

Ⅲ

生きることと詩の心

I　詩の心

詩想、生きることの夢のなかで

1　はじめに～詩の心～

強度の感動に魂がふるえる時、何か深いものが心身にしみわたたる時、世界そのものが自分自身のなかに響いている時、もうこの世にいない存在が生きて感じられる時、大切な何かを他者と共有した時、生じているのは〈詩の心〉でしょう。

死を垣間見るような絶望を乗り越えたことのある人は知っているかもしれません。ほんとうに大切なのは、〈詩の心〉ということ。

それが無くても日々は過ぎていきますが、生きている感じがしないものです。〈詩の心〉が生じている時、大方の人はそれが〈詩の心〉とは認識できていませんが、本人の自覚はともかく、その人には確かにその時、〈詩の心〉がある。実際に詩を書くか書かないかとは違う次元で、〈詩の心〉と呼ぶべきものが発生しているのです。

その年齢には限定がなく、脳に記憶された言語数がまだ著しく少ない幼児でも、何かにほんとうに心を動かされている時、内海を満たしているのは言葉にならない〈詩の心〉でしょう。一方で、高齢のいわゆる認知症の人にも〈詩の心〉は生じるでしょう。

世界人口も80億人にまで増えましたが、そのなかの誰ひとり、仮にどんな悪行を犯した人でも、〈詩の心〉の可能性がゼロの人はいないと思われます。

生まれてから死ぬまでずっと、〈詩の心〉を抑圧するのは苦しいことです。社会上の関係の表層からは他人にうかがい知れない大切な時間を、多かれ少なかれ誰でも体験すると思いますが、その時、〈詩の心〉に素直になるか、それとも抑圧して否定しようとするか、ここに、人の生き方の分かれ道もあるかもしれません。〈詩の心〉で生を更新することは、ほんとうの意味で豊かなものを内側からもたらします。

生きることには死を意識しないと分からないことが多すぎるからこそ、時に人は「死と再生」の物語を求めるのでしょう。深層心理学でも指摘されてきたように、古来、洋の東西を問わず、読み継がれてきた民話・昔話、神話や伝説、小説などだけではなく、個々の人生の節目節目にイニシエーションのように出会うそれぞれのオリジナルな実体験のなかにも、強度のものとしての「死と再生」の要素がある。象徴や比喩の世界のなかにも当然、それが現れる。そこで何をつかむことができるかはその人の精神的な力量にも関わってきますが、共通なこととして、それらは濃厚に〈詩の心〉を求めているのではないか、ぼくはそう思います。死なないと分からないものを、実際に死ぬことなくつかむ。そして、それをそっと他者と共有する。その時、地球の生物で一番ずる賢く愚かなホモサピエンスが、逆転して大層深いものを体現する優しい生き物に見えてくるのですから、〈詩の心〉こそが、世界人類が命の次に大事にするべきものでしょう。

2　流れるものとふるい分けるもの

この世の現実に見られる万物流転や生生流転に、はかないもの、無常なものを感じることもあれば、逆に前方への可能性や希望を感じることもあります。おそらくどちらも真実ですが、そうした流れるもののなかで、ひととき「時が止まる」という感覚もまた、人類の記憶に共通の元型的な真実を表しているように思います。

何か強度の衝撃を心が受けた時、それはまぶしいときめきの場合もあれば、ふいに襲うかなしみの場合もありますが、どのような場合にも対象以外のすべてが心の眼から消えて、「永遠」というものが見えるでしょう。

直接的な体験にせよ、間接的な見聞にせよ、個々のそうした機会の感覚は元型的でありながら類型的ではない固有の真実ですが、日常見慣れていることではないので言葉がそこについていけず、つい頭がステレオタイプなカテゴリーに仕分けしてしまうものです。

一回限りのことが普遍的な次元につながる大事な契機だったりする、そのような立ちどまりの機会に、〈詩の心〉が目覚めていれば、少なくともその事態に存在まるごと飲み込まれてしまうのを防いでくれます。そこに何らかの新鮮な連関が見えてきて、その人自身にとっての新しい意味が発見されるからです。それは頭でこねくり回して出てくるものではなく、言葉自体をいじって出てくるものでもなく、〈詩の心〉としか言いようのない深部の力が働いて、本質的な何かがつかまれるものなのでしょう。場合によってはさらに、救いのようなもの、癒しと呼ばれているものさえ得られる時もあります。

流れるもののなかで人が真に生き抜いていくために、そうした〈詩の心〉が及ぼす深い意義は、暗いいまの時代を生きる上でも有効でしょう。

以上のことは、実際に詩を書くか書かないかに関わらず妥当する次元の事柄です。

3　詩に表現することの特性

では、そうした流れるもののなかで何かをふるい分けて認識する行為を、詩という表現法で見ると、どのようなことが言えるでしょうか。

絵画でも造形でも音楽でも写真でも、流れるものから一部を切り取って、あるいはその流れの全体をつかんで、作者独自の眼で本質的な何かをふるい分けた結晶こそは、作品として光るものでしょう。出来上がったその作品に向き合う時、個々の鑑賞者は止められた時間のなかに動く時間を感じ、強度なインパクトを秘めた刻印のありように、ふるえや共感や感動や親しみや癒しを得ます。

詩の表現媒体は言葉ですから、これらの他の分野と違って言葉そのものの特質が関わってきますが、大きなところで見ると、これらの表現法と共通のことが言えます。ある一部を切り取って拡大し、あるいは全体の流れを俯瞰して、作者独自の眼で本質的な何かをふるい分けた結晶が、大切に選ばれた安易でない言葉によって詩作品として光る。それどころか、もともと他の分野のそうした作業自体の発生源が〈詩の心〉なのですから、詩こそが、こうした芸術一般の表現法の元祖と言えるかもしれません。

詩は言葉で表現しますから、流れていて見えないものをダイナミックかつ繊細に言語化するという奇跡が起きます。いわゆる内在リズムというものを伴って。音楽は音の連なりでそれを表現しますが、詩は言葉ですから、流れるイメージだけでなく、言葉が抱えている中味自体の流れという最高級の表現さえ可能です。もちろん、リズムという場合、リズム解体というリズムも含めてです。

もともと詩は、文字を読むより前に、発声を耳で聴くという始まりをもっていますから、現代でも、朗読することで詩の魅力がいっそう増す場合があるでしょう。

逆に、朗読向きでない、漢字などの文字の特色を生かしたビジュアル効果の詩の場合でも、今度はその視覚的なものの流れが表現できるでしょう。

4　ものの見方、感じ方、とらえ方

結局、技術以前に問われてくるのは、その人のものの見方、感じ方、とらえ方だと思います。言い方を変えると、世界との向き合い方ということです。目の前の現実世界でも、想像上の夢を含めた洞察世界でも、また内なる精神世界でも。

もちろん、技術は大切で、技術によって原石は磨かれますが、旺盛な技術活用もその対象がもともと光るものをもっているからこそ、その意欲がわくものでしょう。きっと、そのことはあらゆる芸術・文化に共通なだけでなく、人の生きる道においても言えることでしょう。芸術・文化の技術でも、生きていく上でのさまざまな技術でも、本気でそれを追究して自覚的に学ぶ姿勢があるのなら、後から身についてくるでしょう。でも、そもそも表現する対象が無ければ、その入り口にも立てないのです。

〈詩の心〉をもって何を見るか、どう感じるか、どうとらえるか。日々の散漫で無関係に見える事象のなかから何をすくいとってどうつなげるか、あるいは切り刻んで飛躍させるか。より豊かに生きるには、案外、灯台下暗しかもしれない自分自身の原点を確認することがヒントだったりします。

世界はひとつのようでひとつじゃない。

もちろん、ウイルス感染流行は早く終わってほしいし、どこかでまた戦争やクーデターや内戦が起きたと聞けば国際社会の一員としてどうにかしたいと思うし、何より自分たちの生活が脅かされているこの経済状況を何とかしてほしい、何とかしたいと願う、そういった次元の話では、世界がひとつになる理想と努力をわたしたちは捨ててはいけないと思います。地球の住民が地球だけよければいいと考え、人類が動物界のなかで人類だけよければいいと考え、ある国民や人種が自分の国の国民や人種さえよければいいと考え、ある人間が自分あるいは自分たちさえよければいいと考えるなら、歴史も社会も前に進みません。前に進まないのが歴史だという諦念と自嘲が科学の名で跋扈しているとしたら、ホモサピエンスあるいは日本人はもう相当に深刻な病気だと言わざるを得ないでしょう。

けれども、それを前提にしながら、あえて、いま話していることはさらに深い次元の、ひとりひとりの人生スパンの眼で見た世界の話です。その世界は決してひとつじゃないし、ひとつであってはならないでしょう。社会ルールの下での市民生活の法経済的な次元ではない、もっと深い話のレベルでは、この世界で誰も他者を強制的に束縛したり断罪したりする権利はありません。そのかわり、誰も出来合いの便利な生き方読本を受け取ることもできません。むき出しの、痛々しい、生まれて死んでいく肉体をもった一個の全体は、ほんとうの意味で他から助けは受けられないかわりに自由な存在です。

だからこそ、そこには、さびしさがあります。かなしみがあります。それが出発点です。

だからこそ、そこには、共感や連帯が生まれます。それが救いです。

だからこそ、そこには、ぶつかりあいがあり、時に暴力がすべてを破壊します。それがまた、かなしみです。

だからこそ、そこには、笑いが生まれます。それが知恵です。

そうしたそれぞれの世界で、何を見つめるか、何を見つけるか、何を内省するか、何を見出すか。どう感じるか、どう考えるか、どう洞察するか。

つかんだ世界が文字を通じて表現される時、ほんとうはそれは、驚くべき奇跡なのです。

5　一行一行の旅

詩には、作品全体の豊かさや深さと共に、構成する一行一行の魅力があります。

詩以外では、文章でも発言でも、人はまず、文脈と発信者の意図をつかもうとするでしょう。ひとつひとつの言葉の独自性とかセンテンスごとの評価よりは、要するに何が言いたいのか、結論は何か、が気になるものです。実用的な文章では特にそうで、「部分」は「全体」に絶対的に奉仕することを求められます。

素晴らしい長編小説を読んだ時でも、全体の文体そのものや物語に感銘を受けるのであって、あるいは何百ページものなかのある箇所に泣けて読み返したりしますが、膨大な数の一文一文に感動しているわけではないでしょう。野球で言うと、走者をかえす強打者の前に塁を埋めようと粘る「つなぎのバッター」役を多くの文が果たしています。

それに対して、詩は事情が違ってきます。散文と似た顔の散文詩でも、一般の散文とは違う、詩と共通した内部構造の特性があります。

それは、一行一行の持つ〈濃さ〉、独自の生命力です。詩に関心の薄い他分野の人は言うかもしれません、「詩はいいよな、せいぜい数十行だろ、短距離走だもんな」。違うのです。数百行、数千行の散文と同じくらいのエネルギーが、数十行の詩にかけられることもあるのです。小説家が一文一文を選んで書く行為に匹敵するのは、詩人がひとつひとつの言葉を選んで書く行為かもしれません。大作を書く小説家に心から尊敬の念を表明しつつ、一篇の名詩を書く詩人にも同じくらいの拍手を惜しまないものです。

一行一行が旅なのです。何と豊かなことでしょう。書き手も読み手も、一行一行で出会い、次の行へ共に飛ぶ前に、一行の言葉に生の内奥で自由に感応してよいのです。

言葉を使用してここまで生きてきた人類ですから、本当は言葉のもつ力におののいているとも言えるでしょう。だからこそ、システムとして冷たい外界世界で傷ついても、心を癒したり、微笑ましたり、刺激を与える、思いもかけない内界の言葉に出会った時、詩一篇に涙がこぼれることだってあるのです。

凝縮された詩の行には、しばしば余韻やオーラや立ちどまりが生じます。ああ、と思わずため息さえ出てしまうなら、どんな札束や機械商品よりも、詩の言葉は人の生存に必要なものを含んでいるかもしれません。

実用的な現世利益にならないから国語の教科書から詩をなくすなどという風潮の「先進国」がいまここにありますが、そんな方向を進む限り、ますます後進して、この国の人びとの心は荒廃していくでしょう。〈詩の心〉をバカにして、豊かな人生はあり得ないのです。

こういう声が聴こえてきそうです、「では、詩の一行一行の言葉は通常の言語活動で使っているのとは違う別世界から取ってきた言葉なのか」。

違います。そんな別世界があるのなら、ぜひご案内願いたいものですが、人類に全く通じない言葉を持ってきても〈詩〉にはならないでしょう。詩の言葉とは、通常使わない別世界の言葉ではありません。使用されている一単語一単語は、わたしたちがよく知っている、国語辞典に出ているおなじみの言葉です。フレーズだって、それだけ取り出したら、日常会話でも使われている言葉かもしれません。

それなのに〈詩〉の言葉になる。このマジックはどこから来るのでしょう。

ひとつは、物事を見つめる深さや角度の新鮮さ切実さ、からです。すぐれた映画で、さりげないセリフなのに観客の胸にずっと残る言葉ってありますよね。あれと似ています。その場面、その展開でその言葉が発せられることの、特別の深い意味です。それは何度もかみしめたくなるような、〈濃い〉言葉でしょう。その時、脚本家と監督と俳優と観客は〈詩の心〉で結ばれています。そのためには、そこまでの展開のつながり具合が大事になってきます。全部を観てきて初めて、そこに感動するのです。それと同じで、すぐれた詩は、一行一行のつながり具合と展開の微妙なあんばいが、そこに放たれた言葉を〈詩の心〉の豊かなものにするというわけです。そのためには、4で述べた、ものの見方や感じ方やとらえ方を鍛える必要があるでしょう。通り一遍に言葉を文章全体の軽い道具として使うのではなく、一行一行に魂がこもるような、一言一言選んで発する、そういうモードにする必要があるでしょう。言葉を無理にひねくり出したりする必要はなくて、自分自身のモノになっている言葉を大切に独自に使うことです。

もうひとつは、組み合わせの妙、です。言葉って、いくつかをつなげて初めて詩句になりますよね。もちろん、一単語だけの行もありますが、それだってその左右の行の言葉とのつながり具合や呼吸で、イメージの不思議な飛躍や別次元の「意味」など、特別の重みが生じますから、組み合わせが詩にとって特に大事だと言えるでしょう。実用文と違って、言葉の組み合わせの自由度は最高潮です。どんな言葉で一行を語るか、どんな行と行で化学反応を起こすか。しがらみのない、想像力と創造性に満ちた時間がそこにはあります。本来、一行一行が詩のなかにつながるありようは、人の心の深いところの何かを刺激する豊かさに満ちているのです。

6　各連の乗り物と旅の全体

こうして生まれた一行一行が、前後に並ぶ複数行となり、ひと呼吸置く空白行を挟んで、詩全体がいくつかの「連」に分かれます。連分けをしないすぐれた詩もたくさんありますが、連で分けられたかたちをとる詩は多いものです。

古典的な起承転結の連構成で書く詩人もいるでしょうが、現代詩は必ずしもそういった定型的な感覚にしばられるものではありません。連の数も、連ごとの構成行数も字数も、連同士の展開の役割も、自由です。数行のかたまりが含むものは一行が含むものよりも複雑で繊細なものになりますから、ニュアンスの揺れ動きが醸し出す妙はダイナミックなものになるでしょう。

連の切りどころが不自然だとインパクトが弱くなり、混乱を招きますが、知的な構成力の見せどころでもあり、連から連への飛躍は、詩を読む楽しみのひとつでもありましょう。

　こうした連のありようは、一行一行の旅を乗せて飛び、航海し、疾駆する、すぐれた乗り物と言えるでしょう。乗り物酔いして吐き出してしまうものではなく、かと言って心地良過ぎて寝てしまうものでもなく、最高度の緊張感で心の旅の絶景をめぐるのにふさわしい乗り物でありたいものです。

　一篇の詩によって心の旅をする。その豊かなひとときに、もうひとつ大切なことは、旅の全体がどうだったかということでしょう。

　小説でも、途中、ハラハラドキドキ夢中になったが、終わりごろにはシラケてしまって、胸に残るものが不足して、時間が経つと、どんな内容だったっけ、という作品があります。一方、ずいぶん前に読んだのに、折に触れて思い出しては、内容や言葉が読者自身の何かになって鮮明だ、という作品もありますね。

　詩の旅も、一行一行はすぐれているように感じてスリリングに読んだけれど、終わってみれば何だこれ、みたいな、印象の薄い全体だと台無しです。よく言われる、「うまいけれども、胸に響いてこない」というような印象はこのケースでしょう。一行一行を懸命に彫琢して凝った作りにしても、肝心の全体が〈詩の心〉の希薄なものになってしまったら惜しいことです。

　もちろん、詩はストーリーなしで立派に成り立ちますし、時代の空気や作者の心境をリアルに反映した全体、といった詩は切実です。ですから、ここで述べている「全体」というのは、主に話の筋や意味構成のことを言っているのではありません。

　問題は、一行一行を乗せた連あるいは全体の乗り物が、どういう旅だったのか不明なまま、いつしか旅自体が消えてしまって、全体がただの徒労に終わってしまったような、そんな場合です。どうしてそうなるかと言えば、その詩を書く切実な必然性が作者に欠けたまま、何となく締め切りに追われるなどで言葉を連ねてみただけ、という舞台裏が読み手に見えてしまうからでしょう。

　それに対して、技術が未熟な人が書いたものでも、その人のなかの大切な何かをかけた、どうしても書かずにはいられなくて書いた作品には、人の胸に響くものがあるものです。

　詩の旅は、遥か遠くまで広がりながら、同時に内側の芯に限りなく近づいていって、人の心をダイナミックに繊細に結びます。どんな乗り物で行こうかと、今日も詩人たちがそっと、読者の心に誘いをかけているでしょう。

　さあ、ごいっしょにまた、出かけていきましょう。

7　傾向論①影響分野と詩表現

詩の世界に長くいると、詩作品や詩人の考えに傾向の違いがはっきりと感じられる時があります。ここでは、その持ち味がプラスに発揮されたすぐれた詩のみを前提に、その舞台裏の影響力学を考えてみましょう。

まず目につくのが、俳句的傾向の詩と長歌的傾向の詩の、よくある対決です。前者は短さと凝縮を重視しますが、後者はほとばしりとリズムを重視します。前者から見ると後者は饒舌で時に「詩ではない」とも見えるようですし、後者から見ると前者は気取っていて時に意思不在でつまらなく見えるようです。

でも、この永遠の緊張関係自体が交流のよき方向に作用するなら、互いにおのれにはないものを感じて学ぶことができます。それは詩の読み方の全体主義的強制も防ぎます。

同じ人物の作品でもこの両方が書ける人は稀ですが、たとえば叙事詩的要素や感情表現をたたみかけるのが得意なビート詩人的傾向の書き手が、一転して禅問答のような深遠な即物的短詩を書いたりすると、それはそれで新鮮に映るものです。その逆もしかり。

ひとりの書き手がそのような器用なことをやってのける必要はないのですが、世界詩文学の豊かな遺産を鑑賞したり、現代の日本でも有名無名を問わず、すぐれた両傾向の作品を鑑賞する機会があるなら、詩の読書は詩自体の鑑賞を超えた、一種の人間学にも感じられて、得るものは大きいでしょう。

次に、小説的傾向の詩と歌や朗読の傾向の詩の対決も劣らず面白いものがあります。前者は具体描写の丹念な積み上げと物語性を重視し、後者は発声した時の音感やシンボル的なインパクトのある表現を重視します。前者から見ると後者は雑で中味が薄いように見えるかもしれませんし、後者から見ると前者は詩というジャンルの神聖さを侵しているように感じられるかもしれません。

けれども、太古の昔、世界のどこでも、詩がすべての文学の始まりであり、そこから一方では演劇や小説などが派生し、他方では歌曲や吟遊詩人朗唱などが派生したのですから、兄弟姉妹の喧嘩のようかもしれません。

文学内部の分野別傾向をたとえに述べましたが、詩の傾向としての影響分野は文学内部にとどまりません。

肉感的なものにずいぶん鋭い知的メスを入れる詩だなと思ったら作者がお医者さんだったとか、ずいぶん生活感がリアルな詩だなと思ったら作者が主婦だったとか、次々にイメージをたたみかけてくる詩だなと思ったら作者がラップ音楽もやっていたとか、階級的な労働感覚が冴えた詩だなと思ったら作者が現役労働者だったとか、ずいぶん理想や希望を語る詩だなと思ったら作者が教師だったとか、心理学的な深層が展開された痛い詩だなと思ったら作者が心の病や障がいに苦しむ人だったとか、絵画的な詩だなと思ったら作者が絵をやってきた人だったとか、ほかにも無数にそのようなケースに出会ってきました。

もちろん、その逆に、詩人が自ら濃厚に背負ってきた背景を意図的に消して、もうひとりの自分としての創作者になろうとするケースも無数にありますし、生活基盤や人生背景だけではなく、他者の経験に共感して自らの経験に高めることもあります。

どんなことからも人は学ぶことができます。その学びが、プラスの影響のものであれ、反面教師としてであれ、内省の契機であれ、すべてを茶化していい加減に流すのではなく、ひたむきに追究し、他者に学び、実践し冒険する心を大事にする。古今東西のすぐれたものを生み出してきた人たちを見ると、そういう姿勢の人が多いと感じています。しかも、ただ与えられたものを学ぶのではなく、そのなかに、次へつながる新たな何かを独創的に見いだす眼力をもっている。そういう心のダイナミズムに彼らは通じていると感じます。まさにそれは〈詩の心〉でしょう。

世界に存在する無数の分野。経済生活の関係性の諸分野もあれば、広大な学問の各分野、文化・芸術の各分野、自然界のありようから、夢の見方や宇宙のあり方にまで、〈詩の心〉へのきっかけが、いたるところで待っているのです。

8　傾向論②性格と詩表現

詩の傾向には、作者の性格が表れることも多くあります。

五感など実際感覚がすぐれたタイプの人の詩には、現実的でリアルな具体物が並び、価値判断は書かずに、そこにそれがあること自体に語らせようとする芸当が光ります。

洞察など、ものごとの背後にあるものを俯瞰的に直観できるタイプの人の詩には、文明批評などの鋭い独自観点が生きていて、予言的なものにハッとさせられるものです。

感情表現が豊かなタイプの人の詩は、通り一遍の観念的な言葉ではない繊細な表現で心のありようが展開されます。心理や夢の表現も、解説的でない独特の豊かさがある。

思考力に長けた人の詩は、知的な論理構成のもとで深い考察を見せるので、読んで得した気持ちにもなります。高度な企画力に、硬直した常識が小気味よく覆されます。

以上は、ユング心理学が解明した心の四機能を詩の傾向で考えるとどうだろうか、という試みをやってみたのですが、ほかの角度からもいろいろと分析が可能でしょう。

同じくユング心理学の成果を用いて少し見てみると、内向的か外向的か、という傾向も詩や詩人のなかに存在すると思います。

もちろん、人はそれぞれ多面的な存在ですので、大雑把にそのどちらかに区分けするのは慎重にしないといけませんが、ただ、傾向として、そのどちらが優勢かということは言えると思います。

内向的な傾向が優勢な人の詩と、外向的な傾向が優勢な人の詩は、時にかなりの違いを見せてくれます。詩も芸術の一種なのだから、大きく見ると、詩は内向的な枠ではないか、と考える人もいるでしょう。しかし、いわゆる戦後詩や現代詩のこれまでの成果を鑑賞してみると、社会批判などの批評性を詩の言葉を使いながら外界へ展開するのは外向的と言えるでしょう。いったん内側深くへ掘り下げてから外側へ向かったり、逆に外側への意味性を出しながら基本的に内へ内へと問いかけていったり、一筋縄ではいかない個性をもった詩が可能ですが、傾向として内向的か外向的かというのは、文字面の背後に感じられる作者の人格の違いが表れたものでしょう。どちらがいいとか悪いとか、どちらが高度かではなく。

すぐれた詩をこうしたさまざまな角度から見てみるのも興味深いことでしょう。そして、タイプの違う詩同士のなかに共通に流れている光は何なのか、考えてみるのも詩論の発展のために有意義ではないでしょうか。

人の心はそれこそ千差万別ですが、ヒトである限り、そこには万国共通の何百万年もの元型的なものも存在します。だから、文字を通じて詩を共有してこられたわけですが、すべての人の固有の表現がすべての人に通じるわけではありません。分かる、分からない、合う、合わない、が当然出てきます。そのことの限界を大前提に、けれども、80億人いる人類のなかのたったひとりの詩が、これまたたったひとりの他者に共感されたり共振したりすることは、それ自体が感動的なことではないでしょうか。

9　傾向論③　比喩の世界と事実の関係

直喩、暗喩（隠喩）、寓喩（諷喩）、換喩、提喩、活喩、……。これらの比喩表現は、人類の言語表現が長い間に定着させてきた豊かなものですから、本来は「技法」というより、もっと切実な欲求から生まれたものではないでしょうか。あるいは、心から心へ届ける贈りもののようなものかもしれません。

ところが、詩の世界でよくある対立のひとつは、この比喩の扱いをめぐってなのです。その極限は、すぐれた暗喩（隠喩）こそが現代詩という立場と、事実表現重視こそが現代詩という立場でしょう。ほかにも、寓喩（諷喩）をめぐる評価の対立もよくあります。あえて、ここでは詳論しませんが、豊かで多彩な詩の世界を強調する本論の立場からすると、いずれの「陣営」も刺激的でありながら、いずれの「陣営」も限界がありますね。

暗喩が冴えた詩は独自の世界観と発見が感じられて素晴らしいですが、行き過ぎると他者に伝達不可能な独りよがりになりますし、事実表現が冴えた詩はドキュメンタリータッチのリアルな魅力がありますが、行き過ぎると無味乾燥な文学的含蓄のないものになります。直喩はよくないという機械論も大問題で、逆に意識的な独自の直喩は暗喩以上に冴えたものが出せたりもします。寓喩も換喩も提喩も活喩も、要は使い方次第であって、複雑な現代でも十分に有効な表現法と言えるでしょう。もちろん、比喩なしも含めて。

ここにも詩の傾向の違いが出てきますね。遠まわしの婉曲表現を好む書き手あるいは読み手と、ストレートなかに深いものを渇望する書き手あるいは読み手。いずれも愛すべき詩の愛好家なのですから、愚かな喧嘩はやめて、詩の魅力を世に広めるタッグを組んでほしいものです。

10　象徴の世界

比喩の話をしましたから、今度は象徴の世界に飛びましょう。象徴は比喩とは微妙に違い、これも単なる文芸レトリックという枠を超えて、人の心の根源的なものにつながる大事で豊かな世界です。

この言葉には二つの異なる使い方があります。

「これは何々の象徴だ、何々のシンボルだ」というふうに慣用されている使い方の場合、ある物事や言葉などを、全くイコールではないが近似値的なものとして、別のある物事や言葉に代表させる、あるいは結んで連想させます。それはどこか比喩と近い使い方で、よくあるのが複数存在する集合的なものをあるひとつのものやイメージに代表させる使い方でしょう。「甲子園」は野球全般のシンボルあるいは夏の風物や青春の象徴だとか、「蛇」

は水神や五穀豊穣の象徴とか、逆に神に反逆する鋭い知恵の象徴とか、そういう使い方です。多くの雑多な物事を濃縮されたインパクトのある表現に集約させる、詩文学にはもってこいの使い方ですね。しかも、その集約が世間一般の月並みなものとはちょっと違った斬新で批評力にすぐれた象徴を表現するならば、読者の心も新鮮な感動を覚えるでしょう。

でも、ここであえて象徴の世界を述べるのは、そういう使い方とは違うもうひとつの方に注目しているからです。これは深層心理学とも関連してきますが、ある物事や言葉などを明確に他の物事や言葉に近似値や代表的集約で結びつける使い方ではなくて、もっと漠然としていて謎めいていて、名づけようのないニュアンスで微妙にじわじわとイメージ連想をさせる、そういう象徴の使い方です。これに成功すると、文芸作品を読む楽しみや豊かさに大いに貢献するものともなります。

読み進めていくうちに、何とも言えない独自の空気やニュアンスが漂い、その作品世界を彩る背景にあれこれと推察をしたくなる。その上、何となく実感的に共感しながらも、作者がはっきりとは言ってくれないからもっと詮索したくなって、読者は何度も繰り返し読むことになる。読んでいるうちにイメージが勝手に展開して広がって、ああ、詩っていいなあと感じさせる。この空気のように繊細で濃密な集合世界こそ、象徴の働きのなせるわざでしょう。

もちろん、大した詩想もないままに読者を振り回してけむに巻くのは全くこのことに該当しません。そうではなくて、詩人のある強靱な詩想や直観の深まりが、作者自身にも「あれはそれとつなげて」と明確に意識できないままに、いわば深層心理あるいは無意識と呼ばれる次元まで総動員して、書かずにはいられないイメージ展開をする、その時、象徴という豊かな世界の扉が開き、わたしたちはこのがんじがらめでしんどい生のありように真っ向から立ち向かう、もうひとつ別の大切な心の世界を見るのです。そして、あれはこれ、と即決即断できないのは、実はこの現実世界そのものなのです。

比喩の魅力とはまた違って、たとえることよりももっと前の意識段階で、何か大きなことや深いことを全体が指し示している、そういう繊細で濃密なありようです。

では、それほどにもたまらない魅力の象徴という世界に、多くの人はどうして近づかなかったり敬遠したりするのでしょう。それはおそらく、明治時代以来のこの国の文化芸術摂取の過程で生じた紹介者たちの「専門家病」「インテリ病」「実生活感覚軽視病」が悪影響を及ぼしているからだと思います。美術館に行ってごらんなさい。この画家は象徴派で古代神話が、までは大変興味深く、知らない背景を説明してくれるのでありがたいのですが、そこから以降、極めてペダンチックでこなれていない「学術的」見方の押しつけが書かれていて、興ざめ。せっかく大好きな画家で、言いようのない直観的な親しみを感じさせる絵なのに、そんなに難しい理屈で見なければいけないんだ、と疎外感さえ覚えたりしたことはありませんか。世間知らずでインテリぶったエライお方が万人の絵画鑑賞を阻害する、なんと滑稽なことでしょう！　そして、かわいそうな画家！　あなたの絵は遠く離れた時空に居る者にも言いようのない感動を与えてくれるのに……。

詩も同じです。ぼくにはひとつ大きな実体験があるのでご紹介しましょう。ロマン派と象徴派の橋渡し役、もしくは最後のロマン派兼最初の象徴派として著名なフランスの詩人ボードレール、ぼくは彼の詩が大好きで、彼の情けないほどみじめだった人生（46歳で死んでしまいましたが）の伝記や書簡と共に、自分自身が孤独だった時代にずいぶん心がお世話になりました。でも、10代の頃に触れた翻訳があまりにも古臭くていかめしく学術風だったので、最初は誤解して敬遠していました。そんな折、高校時代だったでしょうか、ふと本屋で、愛のエッセイを好んで読み高校の読書感想文で論じもした詩人・福永武彦がボードレールを翻訳している詩集に出会ったのです。散文詩集『パリの憂愁』。Spleen という言葉を本当には理解していない日本語人のぼくでも、この詩集の空気が「憂鬱」という日本語よりも「憂愁」の方がぴったりだということがわかりましたし、詩篇を読み進めていくうちに、なんと自然な現代日本語で読みやすく、なんと親しみ深く辛辣で深い詩世界だろう、と狂喜したことを鮮明に記憶しています。それ以来、誤解していたボードレール詩人に心で詫びを入れ、この詩集はぼくの精神的友人になりました。『悪の華』の方はその的確な現代日本語訳に出会うまでもう少し時間がかかりましたが、20代終わりのフランス放浪時には、あちらの書店で買ったフランス語原書のこの二詩集が、それこそ開きすぎて本が解体してセロテープでつなげるほどに一種のバイブルになったのでした。そして、読者諸氏に強調したいのは、独学でフランス語を学んだ、決して流ちょうに話せはしないこのぼくでも、ボードレールの傑作二詩集は辞書を片手に十分読みこなせてワインに似た陶酔と辛らつな世界風刺に感じ入ることができたということです。彼のフランス語の詩は大変精緻に構成されたものですが、使われている単語自体はおそらくフランスの中学生でも読めるものだったのです。そのことにぼくがどれほど驚いたことか。そして、ありがたかったことか。明治時代以来、まるでアカデミズムの学術詩人みたいに印象付けられてきたこの詩人は、生前、それまでのフランス詩の枠を大胆に継承しながらも大きくそのワクを逸脱して革命した反逆児、実際にアカデミー・フランセーズに入会を拒否され、裁判沙汰にもされた詩人だったのですよ！　いわば当時のロッカー、しかも、その詩が繰り広げるイメージのなんと美しく斬新でかなしく路地裏現実的にリアルで攻勢的なことでしょう！　生き方に迷っていた孤独な東洋青年のぼくが、予約もしないで泊まった薄汚れたパリ場末の一泊二千円程度の安宿で、隣室の男女の獣のような愛の営みを壁越しに聴きながら、世界革命と自己革命の夢を見てフランスパンをかじり、不安になると開いていたのがボードレールの詩集でした。その後、自分自身が日本の詩の世界で頑張って、40代にぶらりとまた訪れたモンパルナス墓地には、エレナというどこかの現代女性がボードレールの詩「異邦人」の詩句を引用しながら詩人への熱いメッセージを書いた手紙がそっと置かれていたのでした。それほどにも世界で愛読されてきた彼の詩です。大いなる象徴世界のあかつきに、ストイックな批評ロマンが混じり揺れている。特に夕暮れを描いた独特の感覚や都市生活者の深淵を見抜いた展開などは、今日の日本の現代詩の中に入れても十分に通用する現代性と普遍性をもっています。

象徴の世界が成功すると、詩の力は作者が死んだずっと後の地球の別地域の人の心にまで染み通るのだ、ということになりますね。

だから、象徴というものを何かひどく難しくて遠いものとして敬遠しないで、表現の豊かなひろがりと人の心の深いところのイメージを解放する意義に、詩を愛する方々が今後も注目していただきたいものです。そして、新たにすぐれた象徴を感じさせる詩作品に、また出会っていきたいものです。

11　現実把握のさまざま

良くも悪くも現実は圧倒的です。自分は芸術至上主義なんだ、現実なんか糞くらえ、と叫ぶ人も、かえってそれは過度なくらい現実を意識してそれに対抗しようとしているのでした。誰でも食べないと生存が危うくなり、寝たり休んだり、そしてカネがないと生きることさえ切り捨てられるこの高度にハッタツした資本主義社会です！

ええい、と歯を食いしばって、それでも敢然と、現世利益的には一見何の得にもなりそうもない詩文学などにウツツを抜かす詩の愛好家だからこそ、実はほんとうの現実を、裏側の現実を、あるいは現実を内側から超えた新しい現実を、心に見ていると言えるのではないでしょうか。人が真に豊かに生きること、それは内面世界をおろそかにしない姿勢によって可能になるのではないでしょうか。この連載のはじめの方で強調した〈詩の心〉を大切にすること、ここにやっぱり行きつくのです。

ではは詩はどのように現実を把握しているか。そのさまざまを少し分析してみましょう。

事実そのものをむき出しで提示することに徹するタイプの詩があります。成功した場合、一見事実の羅列に見える連なり全体に、作者の強い意思や批評精神が発揮されていることを見逃せません。世界に無数にある散漫な事実から、あえて各行に刻印されたそれらの事実を選んだその眼に注目です。その全体からは、メッセージとまではいかないまでも、何らかの問いかけや方向性が感じられるでしょう。その時、事実描写の構成総体が現実把握にまで高まっているということです。だから、「詩っぽい」言い回しを求めるだけの浅い次元の認識の読み手には残念ながら散文のように感じられて理解できないけれど、現実感覚のすぐれた人が読むと、その詩は冴えた名詩になります。

他方、非現実的なさまざまが縦横無尽に展開されているタイプの詩があります。読みの浅い、意識偏重の読み手にとっては、それが成功した詩であってさえ、これはこの世の生きた現実から逃避する詩だ、となってしまいますが、実はそこで展開された非現実のイメージの総体は、かえってそれとの比較でこの世の現実を逆照射している可能性が大なのです。パラレル・ワールドという手法が小説の世界で注目されてきましたが、詩の世界でも、芸術性に徹したと作者本人は思っている豊かな展開が、皮肉なことにすぐれて現実世界を何らかのかたちで想起させるケースが多々あります。その時、それは名詩です。

また、詩想そのものを読める知的な詩というタイプも存在します。そこでは、詩作品ですから序論がどうで第一部がどうでとは書かれておらず、極めて自由な精神展開で時にエッセイ風にアットランダムな書き方がなされていて、風のような流れに乗りながら読者は、詩と共に作者の世界把握や生きる心の哲理のようなものまで受け取ることができます。世界の名詩にはこのタイプの詩も多く、古来、詩人が哲人あるいは思想家でもある例には枚挙にいとまがないほどです。こうした詩が成功している場合、巷に出回る多少安易な人生訓や標語などとどこが違うのか。それはその詩全体が包摂している現実把握の深さと広さ、現実を超える新しい現実を見ていること、そして〈詩の心〉としか名づけようのない冴えによるものでしょう。

仮にいま三つのタイプを極論してみましたが、実際の詩は、これらの間をさまざまな比重で行き来しています。

そして、すぐれた詩を読む楽しみのひとつに、発見に満ちた現実把握の深さを感じられるというのがあるでしょう。この世に生きている限り、悩みのない人はいないと思いますし、人それぞれに生きて来た流れや断絶や、他者とのさまざまな関係性に揺れているのが人間存在でしょうから、詩や詩集を読むことで、もうひとつ違った心の眼に触れることができたり、あるいは「わかる、わかる」とうなずくような思いがけない共感体験や、反対に意表を突かれるような批評眼の斬新さに生きる眼が開かれる場合もあるでしょう。表現の豊かさと共に、こうした現実把握の豊かさや深さも、詩の大きな魅力ですね。

巷ではよく、リアリストかロマンチストか、と占い的に友人同士で指摘し合ったりしていますが、詩の世界にいて痛感するのは、ほんとうは、この二要素は生きる心に同時に必要なものではないかということです。リアルであるためには冷静な俯瞰と客観的姿勢が不可欠ですし、ロマンを忘れないためには生きることや世界や自他への強い関心と前方への意欲がないといけないでしょう。一篇の詩を書く時にも、愛読される詩というのは、ダラダラとなんとなくつづられたのではなく、書きながらああでもないこうでもないと積極的に悩み、冷静さと情熱を共に注ぎ込んで、結果として、よりリアルに傾斜する詩になったり、より願いに満ちたものになったりするのだと思います。

文体をどうするか、テーマをどう設定するか、構成をどう考えるか、展開の飛躍をどう出すか、など、一篇の詩の誕生にはたくさんの準備が舞台裏でなされているのですが、そのいずれにも関わって、やはり現実をどう把握しているのかという作者の世界観や詩想が背景として重要でしょう。

12　詩の世界のこと

さて、ここでちょっと触れておきます。これは、ここまで述べて来た詩そのもののことではなく、現代詩の詩団体や詩誌や朗読現場などに関してです。

ごく短めに言うと、詩人がそうした所に身を置く精神的メリットは少なくないです。詩の世界には繊細な人や風変わりな人が多いので、時にソリがあわなくて傷ついたりもするでしょうが、このあまりに冷酷な社会システムの中で、地下水脈のように詩の心などというものにこだわる人たちがいる、それだけでも励みになるのではないでしょうか。

ぼくも新しい才能をどんどんご案内できるよう、心をオープンにし続けたいと思います。豊かなものをごいっしょしましょう。

13　文体という本質

この詩論・詩想も最後に来ました。最後までとっておいた、ぼくが特に大切だと感じていることをお伝えしましょう。文体、です。そして、この小見出しにあるように、詩の魅力を語る際に、それは本質であると考えます。文体という本質です。

散文の世界でよく、文章には書いた人の人格が出る、これは誰々独特の文体だ、と言われますよね。表面的な大きな特徴、たとえば文語体や口語体、会話体や独白調といった違いからさらに突っ込んで、一文一文や言葉遣いの特長、全体のつなげ方、あるいは文章の含みや傾向などです。誰々の文体は自分には生理的に合わないとか合うとか、読者が感想で言ったりしますよね。エッセイでも小説でも作文でも評論でも、文体はその人の文章を活かす大きな働きをします。

そこで、詩の場合です。実は、詩の場合もそうであるだけでなく、詩はいっそう、文体に本質が表れると思うのです。各種の散文に比べてお隣の行との独立性が強く、つながってはいても行ごとの文言が〈濃い〉ので、ともすると詩には文体というのはあまり重要ではないのではないかと思われるかもしれません。

でも、よく読んでみてください。読者が詩に心揺さぶられる時、おそらくそこにその情報や感覚や思いやイメージやモノがあることだけで心が動かされているのではなくて、その情報なり感覚なり思いなりイメージなりモノなどに、その詩を書いた作者の魂のようなもの、〈詩の心〉が独自に濃密に感じられるからこそ、注目して心ふるわせるのではないでしょうか。そうでないとしたら、古来無数の人類のどこかの誰かがきっと同じような対象を口にしてきたでしょうし、完全に人類初出の造語から成っているわけでもないですし、それこそちょっとやそっとではもう驚きにくくなっている多忙で飽きっぽい読者が立ちどまる筈がないではありませんか。やはり、そこには、作者ならではの何かが言葉の背後に、あるいは言葉の連なりや作品全体の背後に強く感じられるのだと思いますし、それこそが、詩における作者の文体なのだと考えます。「自分の言葉」ですね。

もちろん、そこには読解力と他者への心の橋が求められます。散文でもそうですが、詩には特に、深いところの独特の橋が架けられている。読解力などと言うと、少年少女時代のドリルや青年期の受験勉強を連想されるかもしれませんが、そういうことが言いたいのではありません。人生背景や感受性や考え方の違うヒトとヒトが、心の一番深いところのものを言葉にして書いたり朗読したりするのですから、ビビビビッと瞬時の電波が通じることもあれば、かわいそうに言葉が孤独に発せられるだけの時もあるでしょう。そこに、もしかしたら自分では思いもかけない深部の橋が潜在的に存在して、ふと読んだ他者の〈詩の心〉でそれが目覚めて共振したりする。そういう〈心の読解力〉、孤独な存在同士の深部の架け橋を可能にする読解力のことを言いたいのです。〈共振力〉と読んだ方がいいかもしれません。

そういう心の電気ショックやしみじみ染み込み作用を可能にするのが〈文体〉だと思います。上手か下手かというのは相対的な基準で頼りになりませんが、文体にはそういう表層ではない、もっと深い次元の個性というものが出てきます。

だから、自分らしい文体を見つけられずに、借り物の文体や、ただ国語的なルールを守って単語をつづるのが精一杯という段階では、残念ながらまだ、本当のその人の詩は書けていないと言えるでしょう。こなれていくには詩人の涙ぐましい努力もあるのです。そして、その努力の難しいのは、目標がおのれの発見だからです。おのれを発見するためには、いったん外からの眼を獲得しないと難しい。自分のなかに〈他者〉をつくること、あるいは〈世界〉を取り込むことでしょう。誰でも自分自身を見つめることが一番困難なものです。

文体は詩を読む味わいを深くしてくれます。たまに、詩なんてものは作者は誰でも関係ないんだ、作者名や略歴を消して残せばいいんだ、という声を聞きます。そういう考えもあることは尊重はしますが、ぼくはそうは思いません。ぼくは詩を鑑賞する時、作者の心を感じながら読みます。いい詩に出会うと、その作者に会ってみたくなります。どういう人なんだろう、どうしてこれを書かれたんだろう、とね。それほどにも、詩は生きるなかで一番大切なものを心にもたらしてくれますし、それを書いた作者の心や背景にも強い関心を抱かせるのです。だから、ぼくは、作者名や略歴などを消すなんて嫌ですね。

　思い起こせば、17の頃、どう生きていいのかかなしみばかりの頃、ぼくは毎日、ヘルマン・ヘッセの詩集を繰り返し読み（加えてキング・クリムゾンや80年代のロック・ポップなどの洋楽を繰り返し聴き）、心を鎮めていました。いや、心をいっそう焦がしていました。そして、はたちの頃、働いてお金を貯めて、宿の予約もせずガイドブックもろくに読まずに、南ドイツのカルフというヘッセの故郷にひとり旅しました。事前準備をしないので、愚かにも森に迷いこみ、肥やしを踏んで靴を汚し、犬に吠えつかれて、結局、さまよっただけでしたが、心は満ち足りました。ぼくの命を救ってくれた詩人の生誕地を共にした感動です。彼が書店員として働いたテュービンゲンや、反戦平和の心で移住したスイスのベルンなども後年歩きました。詩って、それほどの巨大な力を人の心に発揮するものなのです。ヘッセの日本語訳は、故・高橋健二さんという類まれなヘッセ理解者によるもので、17のぼくは高橋さんの日本語訳を通して、十分、ヘッセの人生の文体、心の文体を感受したのでした。世界中のすぐれた翻訳者たちへの敬意をここに記しておきます。

　すぐれた詩の文体、そこには作者の息づかいや魂が感じられます。直接もろに「ザ・文体」という感じで出ているケースだけではなく、多くは、そこはかとなく言葉の背後に、繰り返し読むと行間にも感じられる、作者の〈詩の心〉です。一見、同じ国語ルールの下で、同じ辞書に出ている単語を使って、同じようにつづっているようにも見える詩句の連なりが、よく読むと、それがすぐれた詩の場合、不思議と独自の光を放っている。そこには、文体というものが大きく作用しているのでした。

14　おわりに〜夢の力〜

ともすると人間嫌いになっても仕方ないと感じることさえある、この殺伐とした世の中で、〈詩の心〉をごいっしょできるということは、何という奇跡でしょう。

古今東西、無数の人たちが口にしてきた「人生は夢」という言葉。これはステレオタイプに使い古された安易な感覚なのでしょうか。そうは思いません。結局これは、必死に生きているうちに、絶えず立ち返る、人類の大切な元型的感覚なのではないでしょうか。この言葉「人生は夢」には表裏一体のプラスマイナスが拮抗しています。一方では、とてもはかないものだということ、せっかく夢見ても淡く消えるもの、現実そっくりなのに現実にならなかったこと、というニュアンス。他方では、とにかくロマンがあるということ、希望や意欲の源泉だということ、現実を超えることを勇気づけるもの、というニュアンス。どちらも実感がこもっていて、きっと「人生は夢」と感じた人それぞれが、ちょっとせつない感じでそれぞれの情景を心に再現するのでしょう。ぼくもまた、かなり幼い頃から、生きることは夢だと感じながら、ここまで来ました。そして、無数の人びとと出会い、別れ、また出会い、交流してきました。その夢の旅に感謝です。

生きることの夢のなかで、〈詩の心〉を大切にしたいものです。この詩論・詩想を読んだ方が、ご自分の生をあらためて思い、それぞれにいろいろ大変であろうさまざまのなかで、そこに輝くご自分自身の〈詩の心〉を感じられるとしたら、うれしいです。そして、詩を読んだり、書いたり、朗読したり、交わしたり、そうしたことは大切なんだという世の中になることを願っています。

＊　詩誌「指名手配」3号（2021年7月刊）・4号（2022年1月刊）・5号（2022年7月刊）・6号（2023年1月刊）・7号（2023年7月刊）に連載したものに加筆した。

詩の心で生きる
～２０１９年・日本詩人クラブ講演～

はじめに～広く深く、深く広く～

分析心理学、ユング心理学とも呼ばれますが、人の心の研究にわたしは親和性があって、古今東西の詩にも心理学的な傾向やタイプの違いがあると感じています。「誰それは何々タイプ」というレッテルではなく、ひとりの詩人の中にも多様な要素が共存しているのですが、世界を感じとる根本的なところの傾向は個性としてあるんですね。この詩人はどちらかというと外向的だな、とか内向的だなとか。それから、分析心理学では心の機能を四つに分類しているのですが、思考、感情、感覚、直観ですね。そのうちのどの機能が優勢かというのは人によって違うんですね。詩作品や詩集にもタイプの違いが出ていて面白いですね。批評とはそういう傾向のいずれにも真摯に向かう行為でしょう。

わたしたちは日頃、ひとりの詩の書き手や読み手として、「狭く」を大事にします。「狭く」というのは「限定して」「しぼって」ということで、書きたい方向や手法、読みたい傾向を大事にして追求するからこそ実りもあるし充実するわけです。

そのように「狭く」を追求するAグループ、Bグループ、あるいはC個人、という違う傾向の者同士が広いところで出会って交流し刺激を受けあうのが、たとえばこの日本詩人クラブのような場でしょう。ここでは「広く」知り合う新鮮さが魅力ですね。「広く浅く」ではなく、広いからこそますます互いに「深く」、そうであるといいですね。理事長就任を仰せつかりましたが、この2年間、「広く深く、深く広く」を胸に、皆様と詩を愛する場を盛り上げてまいりたいと思います。

わたしが愛読してきた詩を一篇、朗読します。

生命の河　　河邨文一郎

心臓が停って、全身の細胞が崩れはじめると、
僕は
永遠に失われる。
僕のために、そんな悲しそうな顔をつくるな。

元素の無窮の流れのなかから
僕という人間が
ふたたび組合わされる奇蹟はもう起りえない。
僕は崩壊し、分裂し、溶け、流れ去り、
骨の硬さもやがてカルシュウム分子となって
地中の
根瘤バクテリアを肥らせるのだ。

君たちは悲しんでくれるだろう、
僕がもはや散歩しなくなり、
煙草の灰を紅茶の下皿に落し
くるくるダイヤルを廻しながら
いたずらっぽく微笑しなくなったことを。
だが、僕の墓に花を捧げるとき、
君たちの髪をなぶる微風のなかに僕の声をきくだろう、
《おい、そこはからっぽだよ、僕はここにいる!》
地下水を吸い上げて、墓のうえに影をつくるリラの花心に

僕はいる。少年の無心のてのひらから
こぼれて光る砂のなかに、
若妻の胎内で分裂する四十六番目の染色体に、
あるいは
くらいベーリング海峡をさすらう潮騒のなかに、
幾重にも鉄条網をはりめぐらした
ロス・アラモスの原子炉のなかにはじけとびながら
僕はいる。

ああ、どうか分ってほしい、
かって心臓であり、花びらや、匂いや、光だったものが
君たちの肉体とこころを形づくり
カメレオンや、空気や、火や、赤ん坊になるために
君たちを忙しく出入りするのを。
君たちのひとりが恋を知る少女になったとき、
夜半にさわぐ血のなかに
丹波高原の一匹の牡牛を慕うすすり泣きを

ききわけるようになるだろう。
僕から十人の友へ。
十人の友から百人の未知の友へ。
アンドロメダから札幌までの広茫を充たしているものは
このコレスポンダンスなのだ。
宇宙とは
色とりどりの愛と祈りを綴り込んだ
豪華なゴブラン織なのだ。

やがて君たちも死に、
僕や君たちを覚えていてくれる人たちが
ひとりも人間界にいなくなり、
おなじみのてのひらも、片えくぼも、こうもり傘も、原稿も
永遠の元素の流れに委ねられるとき、

そのときがきても僕たちは人生のつづきにいる！
みすぼらしく、しかし豪華な

たえがたく苦しく、底ぬけに楽しい
けっして二度とは生きられぬ人生を、
空気のように呼吸しながら君たちが
僕の墓に花を捧げてくれるとき、

君たちの髪をなぶる微風のなかで
力いっぱい僕は叫ぶ、
《おい、ここだ、僕はここだ！》と。

独特の冴えた視点の語りかけですね。地球物質の遍在、汎神論、輪廻転生、立場によって表現は違うでしょうが、命のつながりを感じさせてくれますね。饒舌なくらい熱烈にスケール大きく、それでいて透徹した科学の詩想というか、機知に富んだポエジーの泉が現代詩らしい冷静な批評眼を伴って展開されている。自分が死ぬ場面を想像しながら、愛する者への宇宙的な連帯を内側から語りかけていて、ホロリとさせます。知性と情熱が詩想のなかで光って融合しています。こういうの、好きだなあ。なんて、しょっぱなから、わたし、詩愛好家です。

分かる分からないの止揚地点〜元型と類型〜

さて、さまざまな傾向の方々と交流して感じることは、「分かりやすい詩がよい」「分かりやすさとは遠いところにこそ詩がある」が絶えずぶつかり合っているということです。わたしはどちらも大事で、どちらにも限界があると考えています。

「分かりやすい詩がよい」派のいいところは、詩の人口が増える窓口を提供してくれることです。「詩は凡人には分からないんだ、自分は高尚なんだ」という思い上がりに一撃をくらわして、生活する人それぞれに詩があるんだという角度、大事ですよね。でも、これには危惧すべき点もあります。よく使われる「普通の人にも分かる詩」という時の「普通」の差別的傾向です。フツーっていう言葉、わたし大っ嫌いですね。こうするのがフツー、ニッポン人ならフツーは、とか。たとえば、70代のある男性が「普通」だという感覚と20代の女性の感じる「普通」は違うでしょう。経てきた時代背景や人生個々に背負っているものも違う、だから交流が面白いのであって、一律に「普通の人の感覚」を強制することはできないのです。でも、この傾向のいいところとして、通俗的なものを取り入れて詩に巷の臨場感や親しみを回復させたこともありますね。だから、私は、「分かりやすい詩がよい」派はこれから話すもう一方とのバトルで、一勝一敗だと思います。

そのもう一方ですが、「分かりやすさとは遠いところにこそ詩がある」派に移ります。この傾向のいいところは、文芸の可能性と固有の内面を解放してくれることでしょう。他人にどう見られるかばかり気にしていると、本当の心の情景や色あいは出せないことがあるでしょう。オリジナルに書いたものは読み手にもエネルギーが伝わり、何だか分からないけれど心を揺さぶられた、そんなことがありますよね。「難解」という批判がありますが、AさんとBさんにはその詩が難解でも、ここにCさんがいて、その詩に自分の心の根幹を重ねて感動することだってあるんです。心の相性次第ですからね。でも、こちらの傾向も限界があるんですね。意味の文脈体系そのものを馬鹿にしてそういうのは詩じゃないと断罪したりすることです。物語性を排斥したり、政治社会的な題材を攻撃したり、自分でも何を書いているのか分からなくなって苦しくなったりね。もっとひどくなると、この傾向でつるんで、本当の詩は同派なんだと王国をつくる。だから、こっちも一勝一敗です。

では、この両者、「分かる詩がよい」「詩は分からなくてよいもの」の二者を統合する地点はどこか。わたしは、「元型」と「類型」の話に行き着くと思います。

原初アフリカのアウストラロピテクス時代からのDNAの旅で、わたしたちは異なる個体でありながら、同じホモサピエンスですよね。現代のミャンマー人青年もフィンランド人老婆も、生まれながらにしてどこか共通したイメージを内面にもっています。そうでなければ世界は相互理解が不可能で翻訳も廃業になってしまうでしょう。これが心理学でいう「元型」です。

　他方、ある表現がどこかで読んだようでステレオタイプに感じる時、「類型」的だと指摘されるでしょう。この微妙な分かれ道、何らかの「元型」によって他者に共感されるか、単に二番煎じの「類型」に終わるか、ということなのでしょう。独自の個を深めた結果が文学の力で普遍につながり、「元型」作用によって誰かの胸をうつのかもしれません。そうなると、分かりやすいか分かりにくいかの狭い色眼鏡ではなく、深いところで心と心が呼応する瞬間の詩の醍醐味が、自分とは傾向の違う他者と共有されることになるでしょう。そして、人によって、好きな詩と嫌いな詩が大きく分かれるように、感想も大きく分かれるでしょうが、その詩に感動した人がしっかりと行う批評行為を互いに交換することによって、一部の傾向だけが世に残るのを防ぎ、広く深く、詩を通じての元型のつながりが生まれるのではないでしょうか。

　今度は先ほどとは打って変わった持ち味の詩を読みます。これもわたしが大好きな詩です。

I

『底本　闇』から抜粋　　吉田加南子

見ること
闇が光となるまで

Ⅱ

闇

ひとみのない
目

闇

いいえ
目ざめています

闇

じぶんのなかで立っている

闇

わたしを傷として持つもの

闇

わたしの痛さ

誰から見られているための？

＊

わたしがわたしではないものとともにある

それが闇

闇

傷から生まれる光

そして
傷から出ない光
それが闇です

闇

だって
わたしがわたしに遠いのです

闇

見ることは
抱くことです

＊

わたしの底よりさらに深い
もうわたしとはいえないもの
でも
それがわたしなのです

そのわたしに出会うための

闇

＊

匂い

闇の切り口
　　闇
匂いのはじまり
　　闇
わたしがあふれでるために
　　闇
見なかったものから
吊りおろされている

底　　闇

わたしのではない深さが
わたしをわたしにつなぎとめているのです

＊

闇って

でも
見てるの？
じぶんでないものを

闇

わたしの見たものが
わたしのほうに逆流してくるとき?

闇

目が
光そのものとなるまでの時間

闇

すでに見られているということ

闇

でも
わたしが

わたしの窓にならなければいけないのです

*

光のなかに沈んでゆくとき

闇

波を生むため

闇

ほどけたい

ほどけるわたしの
そのへりを見たい

むこうがわから

闇

走っても
走っても
わたしから出られません

闇

光より
わたしのほうが速いのかもしれないのです

闇

わたしに

わたしが見えないこと
闇
とびたいの
だから
わたしが殺《あや》めたわけでもないのに
よみがえらせてくれと
わたしに呼びかけてくる影
闇
湧きだすの

消えようとして

　　闇

波ごと光をあびること

　　闇

わたしをなかから裂く光

〈後略〉

いやあ、何度読んでも味わい深いですねえ。闇と光を展開したこの詩には、世界と自己の関係を認識する心や物事の本質を抽象する力があって、深いところで心を癒してくれます。

先ほどの河郁文一郎さんは究極の具体的描写と熱い語りかけが持ち味でしたが、この吉田加南子さんの詩は思い切り抽象度の高い、そぎ落として残る心の本質だけを静かに語っていますね。

　けれども、この両者に共通しているのが詩想の普遍性です。いわば外側へ拡散してつながっていくものと、内側へ深くつながっていくもの、という特長の違いですが、大きなスケールの普遍性を共通して感じるのです。共に大事な本質を詩に書いている。命と心と外界の関係性を手探りで自問しながら、実に深い所へ私たち読者を連れて行ってくれる。だからこそ、読み比べるこの個性の違いが互いの持ち味として面白くもあるのですね。

詩のありよう

　ここで、詩の要素を挙げてみましょう。発見、発想、イメージ、批評性、抒情性、即物性、物語性、文体と内在リズム、ユーモア、風刺、うた、言語実験、意識と無意識、典型と補償、……など。詩のありようには実に豊かで多様な可能性があるんですよね。傾向や比重の違いが生み出す内的力学は刺激的で、その交流は楽しいはずです。詩を読む行為と書く行為と評する行為は違いますから、願わくば、そのそれぞれがもっと発展していって、相互に浸透していったらいいですね。

　次は、ユーモラスな詩二篇を読みます。言うまでもなく、わたしの好きな詩です。

にんげん

島田陽子

まだ　おんなですか
と　聞いた男は宇宙語をあやつったのだろう
ひげでも生えてますか
けげんな顔で尋ね返したら
ま、ま
なだめるような手つきでビールをつぎ
異星人みたいに笑って逃げていった
わたしの毎日はそれから無重力
くらげになって漂っていると
おんな盛りのくらげが通る
見くらべても大した変りはないようで
すっきり軽やかなのはこちらのようで
そのぶん幾らか寒いか

ミャーと鳴こうかしら
雌猫は死ぬまで雌と呼ばれるのよ
おんなでないおんなはなにもの
別の男に噛みついたら
そいつはニンマリ答えたものだ
にんげんです
おんなでなくなったら人間になるのです

ここにもひとり、異星人がいた
おんなといわれるときに
産むおんなでないこと
産むおんなでありたくないことと
産むおんなでなくなったこととはおなじだと
知ろうともしない異星人め！
では　おとこは？
おとこも人間になります
なかなか　なりませんが——

そいつが呵呵大笑したので
おんなでないような
おんなであるような雌猫が一匹
金色の瞳《め》を光らせて
そいつの口の中に飛びこんでいった

あいよ　川崎洋

朝　日めくりを
1にち　新しくする
24時間分古くなった指で
それから
マイルドな毒を7回吸い
ゆうべのお魚　煮なおしたけど
けさ食べますかおとうさん
サバよ

最期に見た海の色はどんなでしたか
おれなんぞ
海より
海という字を見たり書いたりした回数の方が
多いのですよ
海の中には
われわれの知らない魚が
既に知っている魚の二倍はいるでしょう　と
水族館の館長さんは教えてくれたっけ
食べるの食べないのおとうさん
おお
字より見た回数の多い妻よ
あい　か
朝鮮では　こども
英語では　わたし
日本では　愛　で
わたしは愛してこどもが生まれたが

あい　は
ときには返事にもなる
あいよ
あいよ　サバ食べるよ
あい　なん度でも　煮なおして

島田陽子さんは晩年、大阪で、わたしが直接交流させていただいて、詩団体などでもごいっしょした方ですが、とても優しくて気さくな人格者として尊敬していました。現代詩と歌詞と童謡などの詩をこなされていたことや、ユーモアがあることも実際に接して知っていましたが、この詩「にんげん」を読んで驚きました。いやはや、なんとしたたかで、内省が向日的でさえある、含みのある言葉の感性でしょう。詩に語られた展開自体は、鈍感な男性の愚かな失言に少し傷つきながらもさりげなく逆襲し、皮肉交じりのユーモアですべてを包むやりとりですが、言葉の裏側というか含みというか、日常会話の親しみやすさの奥で、行間に繊細な心がにじみ出ています。それは「にんげん」というタイトルによって可能になっているのでしょう。男の浅はかな偏見を皮肉っているだけではなく、読者はこの男女のやりとりから、もうひとつ大きな視点で、「にんげん」そのもののペーソスというか、ホモサピエンスの老いのほろ苦さというか、愚かながらもどこかいとおしい何かというか、そんなニュアンスを感じるのではないでしょうか。

川崎洋さんは言わずと知られた著名詩人で、わたしも愛読していましたが、わたしが投稿魔だった頃に選者もされていて、わたしの詩を選んでくださってすてきな批評をくださった時には感激しました。その川崎さんが書かれたこの愛の詩、好きなんですよね。言葉遊びを含めた言語そのものへの敏感で博識な知性を活かしながら、日常のズッコケ話のような感じで詩の奥義に迫っているような作品です。〈字より見た回数の多い妻よ〉とか、奥さんの微笑ましい声に混じって、サバや水族館館長との心の対話とか、さりげなく国際平和派な展開とか、いやあ、やってくれるなあ、という感じ。そして、このラスト殺し文句〈あい　なん度でも　煮なおして〉ですよ。ほっこりと、オモシロ詩がいきなり愛の本質を突く。天才じゃないかと感心しますよね。肩ひじ張らずに、それでいて、思いっきり力作です。

個の重視と普遍的ひろがり～全体主義的なものや権力的なものとは相いれない文学本来の力～武力の対極にあるもの～詩に国境はない

ひとつひとつの存在の違いを生命線とするのが文学だとすれば、当然、全体主義的なものや他を圧する武力的なものの対極にあるでしょう。詩の世界にいながらわたしが平和への発言をしてきたのは、命の繊細なものの側に立つ文学の根幹からです。

あの戦前、結核で死んでしまったとはいえ、最期まで国家権力に屈服しないで反戦平和とアジア友好とプロレタリア共感の視点を貫いた、類まれなアヴァンギャルド詩人の内省的な詩を読みます。

窓硝子　小熊秀雄

夜の寒い部屋の中で火もなく
ただ生きている心をしっかりと
支えている肉体だけが坐っている
硝子窓にじっと呪わしい眼をおしつけて
戸外の暮れも押しせまった街をみている
喧騒もなく景品つきの騒ぎもなく装飾もなく
じりじりと新しい歳にくい入ろうとしている
戦争もまだ止まない
避けがたいものは避けてはならない――と

強い声がラジオで吐鳴っている
やさしい猫が窓際にやってきて
向う側から硝子戸に体をすりよせ
内側の私に媚びたような格好をする
少しも私が嬉しがらないことを知らない
彼女が熱心に笑うそのようにも
尻尾で猫はしきりに硝子を
はたはたといつまでも叩いていたが
急にすべてをさとったように
また柔順な皮をするりと脱いで
野獣のような性格をちょっと見せて
閃めくように窓の下に落ちてみえなくなった
光らない昼のネオンを
裏側からみることのできる
ここの裏街の雑ぜんとした私の二階住居
罵しる詩を書く自由を自分のものにしていなければ
私は到底こうしたところに住むに堪え難いだろう

自由はいつの場合もとかく塵芥の中で眼を光らしている
幾人かの不遇なもののために
生と死との間に自由を与えているだろう
私もまたその間をさまようのだ
冷めたい凍った窓硝子に
顔を寄せ十二月の街を見おろす

切々と表現された戦時中の重苦しい空気、いま世の中はまた危ない方向に行きかねないですが、そんな時代に戻らないことを願っています。自他共に認める「詩の俳優」たる元気な小熊秀雄が、晩年、病理と時代の暗黒の中で必死にもがき、内省している。この真摯な言葉はけれども十分に反骨の気概を見せてくれていますよね。それと、口語自由詩を本当の意味でしゃべり言葉の詩想にまで追求した詩人らしく、戦前の彼のこの詩句は、21世紀のいま読んでも全く古びていないでしょう。そこが彼の偉大なところです。わたしは彼の詩のファンで、関係する講演や執筆もしてきましたし、尊敬する詩人の故・木島始さんや、お世話になった編集者の故・玉井五一さんなどが始めた小熊秀雄協会というのをいま引き継いで代表を務めてもいます。

なんでいまどき詩なんかにこだわるのか

さて、今日の最後の話に移ります。「なんでいまどき詩なんかにこだわるのか」。これにこたえるには、わたし自身の存在を見ていただきたい。ここに、詩というものが存在したことで命の根底を救われた人間がいることを、強調したいと思います。このわたしです。

これまでの半生で、血縁的なことなどで宿命みたいなものを恨んだり、いろいろな節目で遭遇した運命に絶望して自死を考えたり、あるいは疎外感や徒労感がピークに達して、荒波と暴風でやられそうになるような、そんな状態が何度かありました。何かがほんの少しでも悪いように作用していたら、わたしはもうこの世にいなくて、皆さんとごいっしょすることもなかったんですよね。

でも、そういう危機の時、必ず、救いと癒しの波音が聴こえてくるから不思議です。すべては流転し動いているのであって、何があっても現象の奥には必ずほかの側面があり、ものごとを〈詩の心〉で見るならば、ふるえる命のそのふるえの中にこそ、大切なものがあるのだ、という感覚です。

詩を書いたり読んだりすると、心の奥の声が、時空を超えて見知らぬ他者と、あるいはもうひとりの自分自身と、交信されるから不思議ですよね。痛みに耳を澄ます時、個の営みが深いところで人類の普遍的なものとつながる。〈詩の心〉を大切にすれば、森羅万象の中に大切なものを見つけることができます。

そして、転々と生きてきた中でわたしが強く感じ取ったことがあります。〈地球が詩を書いている〉という感覚です。地球が詩を書いているという視点をもった時、人生のすべてがつながりました。他動物や植物を含めた世界、宇宙空間と濃密なひとときひときにおける命の鼓動、そうした中に、ひとつひとつのかなしみもさびしさも受けとめられている、ひとつひとつの心臓が地球の詩の中で息づいている、と励まされたのです。

わたしは詩文学の編集・プロデュースや紹介する橋渡し役などもしてきましたが、自殺未遂経験者やいじめ体験者、鬱や統合失調症など心の病で苦しんできた方々や、発達障がいなどで生きづらさを抱えている方々、あるいはまだこの国では古い偏見が多くて苦しめられているＬＧＢＴＱの方々など、さまざまな人格の方の書く作品を世に出すお世話をすることも多くなりました。

もう、この世に生きる希望がないと思っていた人が、詩を書いたり読んだりすることで心の底の方を癒されて、新しい自分へと再生していく。そうした姿にこちらも学ばされます。また交流すると、特に今の若い人たちはこの過酷な時代の中で、切実に詩を求めていると感じます。

殺伐とした世の中ですが、その地下にはとうとうと流れる豊かな水脈があって、あるいはその頭上には天空をわたる風がある。それが詩の世界ではないでしょうか。世界と心の本質が、この地下水脈あるいは天空の風の場でこれからも交わされていくことでしょう。こんな時代だからこそ、〈詩の心〉が深く求められているのでしょう。そう信じて、わたしは皆さんと、この現代詩の世界を進み続けたいと思います。
最後になりましたが、今日ご清聴いただいた、すてきなおひとりおひとりの詩の心と人生を祝福して、わたしの詩を贈ります。今日はありがとうございました。

波止場　　佐相憲一

夜の港に来ています

しぶきが
腹の底に響きます

鳩の公園から
霧の中の汽笛まで

夢ばかりみてきました

もしかすると〈希望〉って
前を向いている時の
後ろ姿
なのかもしれません

昼間の喧騒も
闇の中でしずめられ
高層ビルや百円ショップや携帯メール
もまれて、もがいて、流されて、ぶつかって

そんな中でも
今日、どこかで権利を認められたひとがいて
今日、どこかで結ばれたひとたちがいて

海はつながっています

心の波打ち際から
今夜
各地のひとたちの
後ろ姿へ

この詩を贈ります

ラッシュアワーの駅で聞く人身事故を
ダイヤの乱れと苛立つ社会で
夢をばかにしないで生きるひとびとの
人生の波音を

わたしは大切にしたいのです

＊　２０１９年7月13日・早稲田奉仕園リバティホール・日本詩人クラブ7月例会にての講演「詩の心で生きる」を再現・加筆した。

詩という事件
～2023年・静岡講演～

〈殺伐とした世の中、生きることの困難、ひび割れる関係性。

そんな中でも詩の心が灯され続けていること、それ自体が事件です。

揺れて、打ち出され、引き込まれ、閉じて開き、強度に深まっていく謎の魔力。

指名手配されたのは愛、あるいは夢、世界の真実、矛盾の開陳、それとも……。

痛みの弁護団が勇気をもって文字表現と声の発生をつなげる時、孤独に見えた詩の世界がひとつひとつ独立しながら星座となって、地球自然に受けとめられるでしょう。

詩の心を大切にする愛すべき皆さんに、朗読を交えながらお話させていただきます。〉

（事前メッセージより）


皆さん、はじめまして。と申しましても、数年前、日本詩人クラブの理事長を務めていた頃に皆さんのこのイベント「ポエム・イン・静岡」に参加させていただきましたから、お懐かしゅう存じます、といったところでしょうか。

また、現在、会長を務めております横浜詩人会は60年以上の歴史をもつ、神奈川県にゆかりのある者の詩団体ですが、昔、よくこちらの静岡県詩人会さんと共同のイベントをしていたことを最近知りました。そういう意味でもご縁を感じます。

さらには、わたしは編集者として、この2年間に静岡県在住の詩人さんの大切な詩集を何冊か編集発行させていただきました。それぞれが味わい深い、いい詩集でした。

ですので、この静岡で詩の講演をさせていただくことに特別のご縁を感じています。

さて、前置きの最後に、ひとつ皆さんに強調しておきたいと思います。今日はわたし自身の書き手としての経験から主にお話しますので、そこにはおのずとわたしの詩の個性が出ると思いますが、一方で詩の読み手としては、わたしはさまざまな傾向の詩を愛してきた者です。端的な一例を挙げるなら、いつも永遠の相克のように詩の世界で出てくる、いわゆる「分かりやすい詩がいい」か、それとも「分かりやすさとは遠いところにこそ詩がある」のか、という両派の対立には、そのいずれにも当たっているところがあり、いずれにも限界がある、という立場です。こういう詩をみんなで書こうとか、詩とはこうでなければならないという狭い思考は大の苦手で、どのような傾向であれ、いい詩はいい、人類誕生以来のすべての〈詩の心〉のベクトルを愛読したい者であります。そのことを先に強調してお伝えしたいと思います。

皆さんはお忙しい中を今日もこうして「詩」などというものにこだわって集まられた愛すべき方々ですから、ああ、なんか風変わりな野郎の話だったけれど、詩の心がふつふつと、しみじみと、じわじわと、胸にわいてきたぞ、という気持ちになるように、せっかくですので、ミステリータッチというちょっと仕掛けのあるかたちでお話させていただきますね。ここからは、わたしなりの詩の心のお話です。どうぞよろしくお願いいたします。

まずは、一篇、詩を朗読します。

うすくれないの帰り道

閉ざされたものが解きほぐされる
心理学的な風が空を見よと促す
ほんの一瞬世界がマスクを外す気配

見渡すと
人体解剖図みたいな
夕暮れのまち

時代の筋肉が内臓が節々が
痛い痛いと叫ぶ
メスを入れてみればけれども人の内側にまだ
血も涙もある

うすくれないのこの人恋しさは
どこから吹いてくるのだろう
心と呼ばれる命の細やかな動きは
どうなっていくのだろう

空いっぱいの血流に
心臓リズムの音楽が聴こえてくる

疑い合うばかりの人類隔離のときに
傷つけ合うことばかりの日常に
殺し合うことさえ想定する歴史の中で

風が夕焼ける

あちらでもこちらでも人が大空を見ている
全身夢に染まって表情が緩んでいる

歩くことをどうしてやめられるだろう
微笑みをどうして捨てられるだろう

本が閉じられるときが来て
すべてがミステリーのままだったとしても
この人体解剖図みたいな世界の奥深く
痛みごとわたしは抱きしめるだろう

くれないから群青へ
命の波が旋律を奏で続けている

〈人体解剖図みたいな／夕暮れのまち〉〈この人体解剖図みたいな世界の奥深く〉とあり

ました。新型コロナウイルス感染予防のために皆がマスクをせざるを得ずに疑心暗鬼になり、内戦や侵略戦争、世の中の生活格差の断層や、肉体の病気、精神的な苦しみなど、わたしたちを取り巻く世界はいま大変なことになっていますね。まるでサスペンスの中にいるように。そんな中で心をストイックにして日々を精一杯生きる孤立した個と個が、ふと無防備にマスクを外し、きれいな夕焼け空を見ている時、深いところで優しい何かを共有していたりする。時代の不安を投影して夕焼けが〈人体解剖図〉みたいにも見えながら、システムの中で敵対したり競争関係にあったり蹴落とし合いであったりする人と人の遠い心が、ふと無条件の友情のように、地球と宇宙の神秘的で圧倒的な美しさを表現したような夕焼けという贈りものの下で、優しい気持ちになってさりげなくつながっている。

時代の筋肉が内臓が節々が
痛い痛いと叫ぶ
メスを入れてみればけれども人の内側にまだ
血も涙もある

うすくれないのこの人恋しさは
どこから吹いてくるのだろう

心と呼ばれる命の細やかな動きは
どうなっていくのだろう

としましたが、いまの時代、いたるところで、〈痛い〉という実感が切実ではないでしょうか。痛すぎる現実。痛すぎる心。その中でも、世界はせつないほどまだまだ共感の可能性を持っている。かなしみの先にあるそんな願いを大切にしたいものです。

もう一篇、詩を朗読します。これは昨年秋にテレビ神奈川「イイコト!」という番組の「今週の詩」コーナーに四週連続で呼ばれて、MCの女性の方がわたしの作品から選んでくださって朗読された作品のひとつです。

電子体温計

〈今日は寒いですね〉
電子世界に投げられた言葉は
時候挨拶なのか
精神状況あるいは

暗示か

〈そうですね〉
半袖シャツに汗をかきながら応える
その時点でもう
何かの〈詩〉を共有しているのだろう

〈世界は寒い〉
それは確かだが
今に始まったことではない
今日が特に寒いという認識はけれどもどこかほっとさせる

〈ひとりじゃないんだ〉
この感覚を求めて人は目を離せない
ふるえることの熱気から
何が始まるのか

誰もわからないから
マイナスからでも
充電される

いまの時代、いろんな意味で〈寒い〉と感じることがあるかと思いますが、その〈寒い〉を誰かと共有する時に、〈マイナスからでも／充電される〉。時に互いに閉じてばかりにも見えて誹謗中傷などが問題視されるネット世界も、ヒトの心の交信ツールとして時代の進歩という側面も見逃せないと思うんです。たとえば、ひきこもりの方とか、傷ついて生きていくのに自信がなくなって不安な人たちが、いまでは電子ツールで世界中のどこかの誰かと心で交流する可能性をもっている。そして、世界には思いがけなく深い詩的交信も生まれることがある。寒いからこそ、何かが始まる可能性もある。そんな、この時代の空気です。

さて、ミステリーの世界に入りましたが、皆さんは、いわゆるサスペンスドラマやサスペンス映画、ミステリー小説などはお好きですか？　現代と呼ばれるようになってからは、いつの時代もサスペンスの人気が高いですよね。わたしも好きで、サスペンス評を書いたりもしているのですが、どうして人はサスペンスを好むのか。この自問をわたしは

「ある日のまちの詩」という詩の中で書きました。その部分を読みます。

生きること自体がサスペンスじゃないか
自分が絶対という人ほど危ない
誰だって誰かになる可能性をもっている
それで人はサスペンスを見るのだろう
おのれの中のやりきれない部分を犯人に重ね
かなしみに何かが浄化されていく
実際は誰も死んでいないのだから

逮捕が近づき番組の空気はどこか犯人側で
それでいてちゃんと裁かれる安心感
なぜ人は道を逸れていくのか
逸れてもほかの道だってあるはず
窮屈な日常を生きながら立ち止まる時
サスペンスとは詩そのものだろう

他者が他者でありながら自分自身でもある、あるいは世界そのものが自分でもある、そんな深層の影と光との交信は、詩の心によって生まれると思います。

詩はサスペンスに似ていると思うんですね。わたしは「指名手配」という同人誌を主宰しているのですが、もちろん、殺人などの実際の犯罪で指名手配されたり指名手配したりするのではなく、比喩として、ちっぽけなひとつの心のありようが、心から発せられるヴィジョンなりイメージなりが、この世界で最大級の注目を浴びるほど何かに指名されるということ。この大量消費社会の没個性的に見える鬱状態の日常の中で、一方では逃げ去りたいという悲痛な声で、他方ではひとつきりの命の存在がまるごとつかまれたいつかみたいという声で、人びとの心が叫んでいるのではないでしょうか。多くの人が、忙しさで淡々と過ぎていく時間を止めて、指名されたい、指名したい、と無意識にうずいているのではないでしょうか。

その強度の何かが、詩の心と共通のものを感じさせます。今日の演題にある〈事件〉という言葉をウィキペディアの辞書で引くと、こう出ています。

1　事柄、事項。
2　（行政用語・法令用語）事柄・案件のこと。官公庁におけるある種の個別の手続を「事件」と呼び事件番号を付すなどして管理されることがある。住民票の請求、情報公開請求、許可申請、戸籍訂正申立て、損害賠償請求、犯罪捜査など、いずれも事件である。裁判実務上は、訴訟事件の略としても使用される。

3　(意外な) できごと、もめごと。争い・犯罪・騒ぎ・事故など、人々の関心をひく出来事。

広い意味では事柄全般、狭い意味では特に強いインパクトを印象づける事柄、というふうに要約できるのではないでしょうか。犯罪などマイナスモードの場合に使われることも多いですが、辞書的にはプラスモードも大いにアリですよね。何かの画期をなす事柄に出くわした時、「あれは私にとって確かにひとつの事件だった」みたいに使うでしょ。

人ひとりの心は広大ですから、その人の心臓がドックドックと打ち続ける歳月には、それ相応の物語や思念があり、葛藤があり、発見があり、喜怒哀楽があるでしょう。膨大な散文的意識の積み重ねの中で、無意識も含めて「これは!」と強く魂を揺さぶられる瞬間、大切な何かを他者と共有した瞬間、もうこの世にいない存在が生きて感じられる瞬間、世界そのものが自分の中で声をあげる瞬間、生じているのは詩の心でしょう。詩は確かにひとつの〈事件〉と言える。まさに、ミステリー、サスペンスです。

詩を朗読します。

漁村

祭りの灯りが霧のなかにぽつり
踊る姿が見えてきて
潮騒に
お面をはずした顔は
どこの誰だろう

魚を焼き、貝をほじり、海藻を食べ
木の実をとり、畑をつくり
打ち捨てられた歴史の裏側に
舟、また舟
旅することで口減らしを生き抜いた
種族、また種族
網にかかるのは
千年万年の家系図か

漁村は世界そのものだ

墓があってもなくても
肉は地球物質を変転し
十年百年、あの人、この人
海岸を飛び交うトンボやカモメだ
岩をはうフナムシはあの人、この人
向こうからここへ、ここから向こうへ
生きる慟哭が波しぶく
そして
風に乗る

弔ってやりたまえ、鼓動の来歴を
癒してやりたまえ、くすんだ日常を
声もなく踊る死者に語りかけ
恋をしたり、夢を見たり、ため息をしながら
全うした、あるいは全うできなかった数十年に

祈るなら、共に踊ろう
国家の果ての
人類の果ての
個々のＤＮＡの
音色で

港はいまも祭りにちがいない

これも先ほどの「電子体温計」と同様、テレビ神奈川「イイコト！」で朗読された作品ですが、この中に出てくる〈フナムシ〉が話題になりました。皆さんはフナムシ、お好きですか？　わたしは横浜と湘南で育ったので幼い頃から海や港が大好きで、つらい時などに海を見ます。また、自分の血のルーツのひとつに上越地方、新潟県の西部ですが、直江津近くの小さな漁村があることもあって漁村というものに親しみを覚えます。で、岩場などをチョロチョロ這っているフナムシに親近感をもつのですが、それだけではなくて、フナムシを見ていると、もう亡くなってしまった人や遠くなった人などを連想するんですね。輪廻転生というよりは、地球物質変転、あるいは遍在といった方がわたしの詩想に近いのですが、大昔から、それこそ自分のＤＮＡが原始人としてウハウハ言って漁民を始めた頃から、人びとのなりわいや悲喜こもごもと共に、魚類、昆虫、鳥類、爬虫類、両生類、他の哺乳類などと共に地球暮らしをしてきたこと、そして、そこにお祭りというのができて、お祭りでは詩の心に満ちた何かが共有されたこと、など思いをはせるのでした。そこでは、生きることの根源にあるものが、失われていた時空を超えて、詩の心として甦ってくる、そんな感じです。物悲しいダークトーンの生きざまも復活のお祭りで祝福される。

そのように、詩の心というものは、あちらこちらに遍在するもの、時間さえ遍在させるもの、そして失われた連関を復活させ、その連関の中の個別の息吹きも浮き彫りにするものではないでしょうか。そこでは死者も生きていて、記憶の情景も想像上の幻想も生きていて、この世のリアルタイムの殺風景で無慈悲なありようがひっくり返される、あるいは逆照射される。それって、限りある命を生きるわたしたちホモサピエンスにとって、とても深くて意義深い贈りものだと思います。そんな詩の心を大切にする世の中を願います。

詩を朗読します。

道

通勤途中の森沿いの道でこの夏秋は
蝶の幼虫、バッタ、ツユムシ、カマキリ

歩道や自転車道の真ん中で憩うきみたちをけしかけて
草むらへ草むらへ
スニーカーでお尻の後ろの地面をトントントン
そっちじゃないよこっちだよ
言ってもダメなら胴体をつまんで
ヘリコプター救出作戦
やって来る無慈悲な人類どもにあっけなく
踏みつぶされ轢き殺されないようにだ
ぼくがきみの味方だってどうしてわからんのか
カマキリなどは反抗して我が脚によじ登る
ひとつの命を急死の運命から脱出させるのは大変だ
言うことをきかない患者をみる医者の気持ちがわかる

ニュースを見れば中東で核科学者が白昼暗殺
日本ではコロナ解雇やキレた人の白昼殺傷
自滅するには八〇億近くも居てアンシンなのか
一般人ひとり死んでもニュースにはならず

生活苦、精神苦、パワハラ全盛のゴートゥトラベル
どこへ行くというのだろうか
選挙権は一票しかないし
(二票ある選挙もあるではないかとおっしゃるなら
　最大二票しかないし)
選んだ覚えのない政治家がぼくの生活を規制する
一体、我はホモサピエンスなのだろうか

蝶の幼虫よ、バッタよ、ツユムシよ、カマキリよ
ぼくのまごころを信じないならそれでいい
それでもぼくは道の真ん中からきみたちを
草むらへ草むらへ、地球の自然へ

そんな夏秋もたそがれてこの国の
冬がやって来た
ぼくは冬眠する体にはなっていないから
あえて人類の道の真ん中で粘ろうと思う

漁民と共にあるフナムシまではついていけるが、虫も好きだが、人間より昆虫の味方をするのはついていけないなあ、なんておっしゃらないといいです。確かに、わたし、こどもの頃から、動物や虫が大好きで、若い頃は大海をゆくゴマフアザラシへの親しみを詩に書いて人間社会を風刺したり、ホモサピエンスを最大のお荷物とするサルたちの野球チームとサル以外の他動物チームの試合を実況中継して他動物が人間世界をギャフンと言わせる長詩なども朗読してきました。でも、それもすべて、わたし自身が属しているホモサピエンスのもっと優しい心の未来を強く願う、いわば愛するがゆえの自分たちへの愛のムチとして、人類に厳しく書いているのであって、人間嫌いじゃありませんから、皆さん、安心してわたしに近づいてくださいね。わたし自身が大した人間じゃありませんからね。

さて、この詩「道」の初出は、「戦争と平和を考える詩の会」が出している詩誌「いのちの籠」でした。身近なことを書いてはいますが、命の関係性が究極のところで問われる「戦争と平和」の問題に通じるものとして発表しました。通勤途中の森近くの道で出会う蝶の幼虫、バッタ、ツユムシ、カマキリへのいわば親心のような気持ちと実際の救出行動を書いたのですが、ホント時々、〈一体、我はホモサピエンスなのだろうか〉と感じてしまうくらい、人間社会の現実とわたしの人類理想には相いれない亀裂が走っています。少しでも社会が優しい方向へ行くように、自分にできることをするのが精一杯ですが、頭上の軍用機やニュースなどを見ていると、もう人間やめたくなったりするのも確かです。でも、そこでまた、〈詩の心〉の出番です。打ち負かされそうな圧倒的な弱肉強食社会の冷たさの中で、「詩に何ができるか」と自嘲気味に言うのではなく、詩でこそその現実の向こうの違う現実、裏側の現実、あるいは新しい現実までも見つめられると思うのです。詩によって、生が更新される。〈ぼくは冬眠する体にはなっていないから／あえて人類の道の真ん中で粘ろうと思う〉。悲惨な現実をなぞる生き方ではなく、悲惨な現実の奥の方で灯り続けている人びとの深い詩の心でこそ、そして虫をはじめとする他動物の皆さんとの壮大な地球生態系の詩学の中でこそ、つながり続けたいと思います。

　このような詩想にたどり着いたのは、わたしが転々とした半生を送ってきたことと無関係ではないと感じています。人は与えられた道を絶対視する時や同質な集団の中で充足している時には、時に排他的になってしまうものです。誰だって、わたしだって、そうなる危険性をもっていますよね。でも、幸か不幸か、わたしは親や親族の縁が薄いめぐりあわせと、幼い頃いじめにあったり、ぜん息や奇病に苦しんだりしたり、いろいろあって、振り返ると、数奇な半生だったと思います。住む土地も放浪を含めて転々としましたし、職業や出会いの方向もさまざまなものを経てきました。そのおかげで、皮肉なことに、鍛えられ、表面的なものの奥を見つめるようになり、いま詩を書き続けているのかもしれません。いまは大切な妻との出会いをきっかけに、自分が拠って立つ心の十台は出来たと思いますが、これまで出会ってきたり体験してきた、この社会と世界の無数の階層、無数の傾向の人びととの交流は、詩の心を鍛えてくれました。「フッーはこうでしょ」みたいな何気ない感覚がもつ「フッー」でない他者への冷酷さ、無理解、凝り固まって群れてツルムものの恐ろしさ、それは歴史上の次元まで大きくなるとあの戦前戦中の悪夢のようになりますし、もっと日常生活の狭い中での陰湿なものになると人を自死や精神破壊にまで追い込んでしまいます。経済効率優先の世界の「フッー」は、詩の心から見ると異常でしかありません。詩の心はひとりひとりの〈個〉の深みを大事にするからです。それはあらゆる暴力的なものの対極にあるでしょう。

わたしは、いわゆる心の病と呼ばれるものや、発達障がいと呼ばれる傾向など、精神的な困難を抱える詩人さんたちに詩集づくりを頼まれることも多く、ひとつひとつたくさんの感動を共にさせていただいてきました。何か、そういう心のご縁があるのでしょう。だからいっそう、彼らを通じても、この冷たい世界の中で、切実な詩の心を大切にしたいと思います。ひとりひとりにとっての大切な心の〈事件〉を、比喩として〈指名手配〉できるような、詩の心に満ちた世の中にしたいものです。

詩を朗読します。

住所欄には獄中と書いた

気配を感じて見上げると
看守がいた
さびしい笑顔が影になって揺れていた

その影が鍵を開けた
〈さあ自由だ〉

そのままその言葉を
看守におくりたかった

こちらとあちらの境は何か
番人も賃金労働者だった
理不尽を突き破って外へ
そんな影の微笑みだった
ストイックなまなざしの奥をのぞくと

海が波うっていた

病院には感染者があふれていた
新聞折込チラシは墓地の格安セールでにぎわった
料亭やクラブには密会する政治家や官僚
スーパーには浮浪者予備軍がうろうろしていた
住宅地では夫婦や親子がののしり合い
飲食店や服屋がほとんどチェーン店だけになった
百貨店の大型ビジョンでは権力者が教え諭した
〈サンミツヲサケテ　チカラヲアワセテ〉
電車はマスク姿の猜疑心で殺気立っていた
人びとのまなざしの奥をのぞくと
お金が燃えていた

愛が逮捕された
愛することも愛されることも愚か
愛を夢見ることさえかなわなくなった

時代の収容所はコマーシャルでいっぱいだったが
スポンサーは商品としての愛を旗印にほんとうの愛を監禁した
新しい風を起こすと村八分になった
叱責され無視され痛めつけられ
すみませんごめんなさい

それでも怒りやかなしみをエネルギーに変えて
罠にかかっても確信によって発電し続ける人びと

〈さあ自由だ〉
さびしい笑顔の看守が言う
さりげなく逆転無罪を言い渡し
威圧するものを逆告訴する

このサスペンスの主題歌はやはり
〈この素晴らしき世界〉
ワラワンダフォウォールド〜

耳を澄ませばそれぞれの
寝息にこもる
夢の数々

瞳の海をのぞいてみると
ほんとうは
ここは人の道のど真ん中

収容された希望のひとつひとつを指さして
解放への指名手配が始まる

いよいよエグイところ、コアなところまで来てしまいました。いまの世相を見つめて、人の心の影の部分、これは深層心理学と関わってくるのですが、人が見たくないと思っている心の中のダークな側面、生の裏側、あるいはこの波乱万丈のサスペンスの世の中では、誰でもがひょんな弾みで誰にでもなりうるという究極のかたちとして、〈獄中〉としました。出てくる受刑者、もうすぐシャバに出られそうですが、獄中にいる受刑者と、看守という微妙な存在、この両者はいずれも多くの人の中の同一人物の心であり、わたし自身であり、皆さんひとりひとりかもしれません。この社会の近いところで生きる位置の二つの象徴ですが、法律的な意味での犯罪者というよりは、獄中と化したこの世の中で生きる悲哀感もある意識的な人物の両タイプとも読めるかもしれません。それらに対して、逮捕して獄中に縛りつけた側の存在は背後にいて正面に出てきません。それは顔をもたない、この社会システムそのものかもしれませんね。

愛が逮捕された
愛することも愛されることも愚か
愛を夢見ることさえかなわなくなった
時代の収容所はコマーシャルでいっぱいだったが
スポンサーは商品としての愛を旗印にほんとうの愛を監禁した
新しい風を起こすと村八分になった
叱責され無視され痛めつけられ
すみませんごめんなさい

それでも怒りやかなしみをエネルギーに変えて

罠にかかっても確信によって発電し続ける人びと

と書くことで、夢に誠実に前を向いて生きている人びとへの思いをわたしなりに世に刻みました。

詩の心という時、〈痛み〉や〈切実さ〉と共にわたしが大切だと感じる縁語は〈愛〉です。若い頃、詩集名に万感の思いをこめて『愛、ゴマフアザラ詩』と付けたら、ふざけているとか言ってバカにする向きもいましたが、大いにまじめな詩想としてそう付けたのでした。幸い、ひろく多くの読者に愛され、賞までいただき、ある動物園の著名な園長さんまで共感してくれたのは忘れられない思い出です。「愛」があまりにもコマーシャルに安易に使われているので、ともすると現代詩では〈愛〉は書かないという傾向が強いですよね。わたしの考えは違うのですよ。世の中の巨大なものがおちょくったように安易な「愛」を流せば流すほど、それに正面から対峙していくには、そうではないほんとうの〈愛〉をやりすぎなくらいに詩人は書いたらいいんじゃないかというのがわたしの考えです。〈愛〉を書かなくなったら、安易な「愛」に屈服したことになるではないですか。現代人として、それでは寂しい。〈愛〉を書きたいものですし、〈愛〉の詩を読みたいものです。もちろん、その〈愛〉にはさまざまなかたちがありますね。恋愛だけじゃなく、いろいろな方面の〈愛〉。

さらに突っ込んでみると、テーマとしての〈愛〉だけではなくて、いかなるテーマの作品であっても、その詩世界の根底に〈愛〉が感じられる、そのような意味での〈愛〉と〈詩の心〉の関係を深めていきたいと思います。

さて、「住所欄には獄中と書いた」ですが、そうした状況の下でも、次のように続けています。

このサスペンスの主題歌はやはり
〈この素晴らしき世界〉
ワラワンダフォウォールド～

歌っちゃいましたが、類まれな黒人音楽家ルイ・アームストロングがわたしの生まれる前年、1967年にベトナム反戦の空気の中で歌った名曲「What a Wonderful World」（邦題「この素晴らしき世界」）へのオマージュもこめました。厳しい世ではあっても、だからこそ、それを超える新しい現実、〈解放への指名手配〉を信じて命の肯定にこだわり続けたいと思います。かなしみというものは、かなしければかなしいほど、共感や願いや祈りを奥に含んでいると、そういうニュアンスを幼い頃からわたしは感じてきました。

詩の心の事件捜査、佳境に来たかな？　もう少し、おつきあいください。〈愛〉の詩の話をしましたので、また朗読します。この詩の末尾には注記があり、〈二〇一九年、妻・真弓、緑内障手術〉となっています。おかげさまで、いま、妻は点眼薬で眼圧も安定しました。ひらがなタイトルの「あおそこひ」は緑内障の昔の名称で、漢字では青い底の翳と書きます。

あおそこひ

流れない
せき止められて
何かがふくれあがり
いきわたっていかない
そのような夢に
繰り返しうなされながらあなたは

日々の色合いを創っていこうと
　ずっと

どのような夢に飛び立てるのか
眼球は地球のようにどこか翳っていて

〈あおそこひ〉
青底翳
眼の底に翳りがあると東洋医学が名づけ
〈緑内障〉
海の色だと古代ギリシアの医者が名づけ
見えなくなる者を励ますうちに
何百年、二千年
時は眼球と共に再生し
見えなくなるのをとどめる道へ

いま

あなたの左目を手術し
右目を手術し

詩を書くように
詩を読むように
夢をせき止めていたものを解き放ち

眼の底から
生きることそのものが
潤い出る

眼圧が下がったと告げる医者
笑顔を見せる看護師

それだけじゃない
夢に暗示された苦しみの

青い底の方から
翳りのただ中に
両手をひろげてあなたを迎える
ぼくが見えるだろう

瞳の宇宙から
温かいものが流れているだろう

＊　二〇一九年、妻・真弓、緑内障手術

流れるべきものが流れない、それはつらいことですが、流れた時の奇跡的な喜びはこれもまた詩の心と言えるでしょう。ここに普遍的な発見がありました。妻が緑内障にくじけずに辛抱強く頑張ってきたおかげで、それを応援するわたしの心まで澄んだ状態にさせてもらっているようです。さらには、〈あおそこひ〉と古来呼ばれてきたこの緑内障を人類的に克服してきた偉大な医学者たちにわたしは最大級の感謝の詩を捧げずにはいられませんでした。医学の進歩って、すごいですよね。

思うに、〈痛み〉という、詩の心で大切なもうひとつのもの、これを深めていくと〈愛〉

になるのかもしれません。生きていると〈痛み〉がいっぱい生まれてきますよね。この太陽系第三惑星は痛みの星なのではないかと感じるほどです。こどもの頃好きだった歌にやなせたかしさんが歌詞を書いた「手のひらを太陽に」というのがあって、〈ぼくらはみんな生きている／生きているからかなしいんだ〉とありますよね。少年時代、わたしはこれをよく心の中で口ずさみましたね。頑張って生きているからいろいろマイナス体験も受けるんだ、でも確かに生きているってすごいことなんだ、可能性があるんだ、ということを、歌詞に出てくる愛すべき小動物の姿を通して、自分に言い聞かせていました。そういう〈痛み〉と〈切実さ〉と〈愛〉の弁証法に今後も活かされて詩を書きたいと思っています。

テレビ神奈川の番組のトークでも強調したのですが、わたしは、詩はジャンルではないと感じています。世の中には詩って単なる一分野だと思っている人が多いでしょう。いろんな分野がある中で、詩という狭い分野もある。何だか近づきにくいし暗そうだから敬遠しよう、とかね。でも、ここまでお話してきたように、人の心が何かの機会に極めて強度のものに揺さぶられる、魂がふるえる、とても大切なものを他者と深いところで共有する、もうこの世にいない存在が生きて感じられる、世界そのものが響いてくる、そんな時に生じるのが〈詩の心〉だと思いますから、それって実は、どんな人でも、赤ちゃんから認知症の高齢者まで、誰の中にも生じているということだと思うんですね。ただ、そこでその

〈詩の心〉に自分で気づくかどうか、そしてそれを表現するかどうか、で大きく分かれていくと思います。無数の〈詩の心〉をもったいないことに流してしまっているわけです。詩に書くという手段だけではなくて、いい音楽やすぐれた映画、名作小説や演劇、あるいはプロ野球の感動シーンなんかだって、そこに感じられる強度の何かは〈詩の心〉でしょう。古来、すべての芸術の母体が詩であり、人が生きていく上で本当に大切なものが〈詩の心〉だと、わたしは考えています。傑作サスペンスドラマの終盤で不覚にも胸にこみあげてくるものがあるように、生きること自体がサスペンスな不安な現代世界で、〈詩の心〉と〈詩の心〉がふと出会って大切なものを共有できればいいですね。

さて、あっという間に今日のドラマは最終盤です。お疲れさまでした。

お名残り惜しいところですが、あらゆる意味で困難なこの現代に、あえて詩の心を寄せて集《つど》われた愛すべき皆さんに、最後に詩を朗読してお別れとさせていただきます。

わたしはハマッ子なので、どの土地に住んでいる時も、横浜の山下公園や大桟橋などに時々行って、深夜の海を見つめながら波音を聴いたりするのですが、そうすると、ふといろんな人たちが思い出されてきて、時にささくれだったりしていた自分がちょっとだけ優しい気持ちになって、生きることのさまざまを思うんですよね。そのように深夜の港で海を見つめながら書いた「埠頭」という詩です。

今日ご清聴いただきました皆さんと、いつかまたどこかで、というよりは、ますます詩の世界で、ごいっしょできたら幸いです。かなしみに満ちた世の中ですが、だからこそ、わたしたちが大切にしている〈詩の心〉の港から、おひとりおひとりの命にこの詩を捧げます。

今日はありがとうございました。

埠頭

マスクを外す真夜中の埠頭は
うらがわだったものがおもてになって
波しぶき深くうごめく
この世の海です

暗いようでいて透明なこの波は
内向的なまま外向的で
歳月のすべてを鳴らす
血しぶきあるいは血潮

弱くなったり強くなったり
それでもさまざまに
出会わないでは生きられないから
大しけの日も
来たるべきもの
出てゆくもの

いろいろありましたね

苦しみを生き抜くひと
死を選んだひと
逆転したひと
逃げ続けるひと
いまが続いてくれと祈るひと
いまが終わってくれと祈るひと
なんだかわからないひと

そうして
夜が深まっていくのですね
ハードボイルドになったりメロウになったりコメディにサスペンス
夜風に立ち続けることで聴こえてくるのは
宇宙のうた

夢の底にわたされた桟橋みたいに
生きていることの旋律が流れている

エーイ
真夜中の世界の港で大笑いしましょうとも
かなしみを叫びましょうとも

ズドンズドン
動きながら波は

響いていきます

＊　引用は佐相憲一詩集『サスペンス』（文化企画アオサギ）より。
＊　２０２３年１月22日・静岡県詩人会「ポエム・イン・静岡」にての講演「詩という事件」を再現・加筆した。

Ⅱ　21世紀に生きる新たな古典

21世紀に生きる高良留美子の詩世界

毎週日曜日の夜8時、ＴＢＳ系列のテレビからミュージシャン姫神のシンセサイザーを駆使した太古人類サウンドが流れ、地球自然に生きる動物たちや、世界各地の魅力的な人びとが映る。番組の冒頭と終わりに朗読されたのが、書き下ろしの数行詩。高良留美子の珠玉の詩世界であった。

『神々の詩《うた》』。１９９７年10月から２０００年3月まで、計96回に及ぶその番組に魅せられたのが、当時20代終わりから30代はじめのわたしだった。

20世紀が終わろうとしていた。世界も日本も資本主義経済が行き詰まり、大量消費社会が倦み疲れ、けれど過ぎ去ったバブル期からの人と情報の流れで少なくない人びとが地球市民の一員だという意識に変わり、一方では深刻な格差社会の進行、他方では差別意識からの脱皮と世界規模の環境保護連帯、という激動の世の中だった。

高良留美子の詩が、そんな時代の最先端で次の世の展開を促すように、心にダイレクトに入ってきたのだった。
第1回放送はボルネオの森だった。熱帯雨林、巨大花ラフレシア、現地の人びとと果物、オランウータン……。

人は森のことばを聞き
森は人の祈りを聞いた

森には光があり　闇があった
生と死があった
声があり　そして沈黙があった
森はひとつの宇宙であった

森で　人は人になった

（「森の宇宙」全篇・詩集『神々の詩』所収）

シンプルな中に、森と人の関係性、森の長い時間と世界性が、密度濃く、深い詩想となって響いてくる。これぞ来たるべき21世紀の詩だ、と共鳴した。

第27回はパキスタンの村。山間部の厳しい環境のもとで、人びとは氷河の水で生き延びてきたが、この地が長寿で知られるというのも驚嘆だった。

人の手で
積み上げた
水路を通って
二百万年の氷河の水が
うるおす村は　いま
あんずの花
咲き匂う
桃源の里

（「桃源郷」全篇・詩集『神々の詩』所収）

あんずの花の香りと、村の人びとの共同生活の歳月。スケールの大きい、それでいて繊細な詩だ。

第36回はハイチの滝。見事な褐色や黒の肌をしたあちらの庶民が、聖霊水に打たれて不幸を洗い流すという。

脱ぎすてる
古い服を
昨日のいさかいを
明日のない辛さを
そして水をくぐって
生まれ変わる
生きることの
希望の方へ

（「再生」全篇・詩集『神々の詩』所収）

この普遍の言葉に励まされた。滝で祈る具体的な個人の姿に共感しながら、その奥の心の通路では、詩の言葉が、自他共にさまざまにあるそういう場面を普遍的な域まで高め、深めてくれるのだ。生きる力の再生だった。

高良留美子の詩は、このように、書き手と読み手が一対一で、心の深いところで生命の根源的な詩想を送受信することのできる、大きな力をもっている。

この連続番組が続いているさなか、第1回から第62回放送分までをまとめて刊行されたのが、奥付発行日１９９９年10月25日のビジュアル詩集『神々の詩《うた》』（毎日新聞社）だった。31歳のわたしが購入して熟読・熟視したことは言うまでもない。20世紀後半に書かれながら、詩想の輝きは次の21世紀を先取りしていた。

　巻末には、著者の長いあとがき「いのちの旅」が掲載されていて、詩人の文明論・詩論としても重要だ。このなかで著者は、〈生きものが《生きる》ということに賭ける真剣さ〉に学んだことを記し、〈人間もまた生命《いのち》の連鎖のなかで真剣に生きている。森や山や海、砂漠、草原など、自然に近いところで生きている人たちほど、自然に対して謙虚であるように見える。〉とした上で、現代文明やその価値観に警鐘を鳴らし、環境問題、そして戦争批判へと行きつく。さらに、〈人間は、《神》の領域とされてきた宇宙や生命体の奥にまではいりこみ、（中略）ついに《神》の領域を犯しはじめているのだ。〉１９９９年のこの指摘は２０２２年のいま、いっそう重い。

　「神々の詩《うた》」とは、自然界の《神》となった人間とその文明に、森羅万象という古き《神々》の詩《うた》を聞いてもらおう、その密《ひそ》かな声を届けようという番組ではないかとわたしは勝手に考えている。もちろん人間は神ではない。神とはおそらく、この微妙なバランスを保って日々更新される生態系そのものなのだ。わたし自身もその森羅万象の一部であり、同時に自然を破壊する文明化された人間の一人でもある。わたしはわたし自身の内部に、絶えず《神々の詩《うた》》を聞いているのだ。

（あとがき「いのちの旅」より・『神々の詩』所収）

高良留美子という１９３２年生まれの詩人が１９９９年にこうした詩想を書いたことに励まされる。ただ新しいのではない。ただ古く戻るのでもない。いわば、新しく前方の原点へ還る、そんな詩世界の響きだ。

さかのぼること７年前の１９９２年に刊行された日本現代詩文庫『高良留美子詩集』（土曜美術社出版販売）も、20代のわたしの心をとらえていた。そこには、詩人40歳時の詩集『恋人たち』、48歳時の詩集『しらかしの森』、54歳時の詩集『仮面の声』からの詩篇が収録されている。

いずれの詩も詩想は根源的でありながら、言葉が柔らかくて親しみ深く、鋭い批判精神が生命肯定のなかに包まれているところが高良留美子独特の詩の魅力だろう。

いつも眺めていた丘に登って
わたしが頂上に立ったとき
山肌は　黒くただれ
ねじれた木の株だけがのこされていた

見るかぎり一片のみどりもなく
丘陵は巨大な犬の死骸と化していた

まもなくブルドーザーが山肌をけずり
砂ぼこりが空をおおい　大型トラックが
家々の壁にひびを入れて走るだろう
そこに美しい住宅が立ち並び
人びとは銀行ローンのくびきの下で暮すにちがいない
わたしは数年早くこの土地に住みついたに過ぎないが……

かつてどんな山火事も
これほどの破壊はもたらさなかった
焼畑で暮した人たちも　時がくれば畑を山に返したという
わたしはそのとき　ぼろを着た山男が
丘の重なりのあいだへ　ひとり　神のように
歩き去っていくのを見た

（「丘の上で」全篇・詩集『しらかしの森』所収）

高度経済成長期からバブル期にかけての土地開発と山野破壊の一断面とも読めるし、戦後放置された荒地とも読める。この詩が深いのは、人間社会の矛盾を描写するにとどまらないラストの展開である。詩人は〈ぼろを着た山男〉を見るのだが、文字通りにそのような姿格好の人物を見たのかどうかはどちらでもよい。読む者にはこの山男が、民話的な山里文化によって大事にされてきた山神あるいは自然そのものの化身と見えて、彼がさびしそうに去っていくという情景が鮮烈だ。資本主義社会や戦乱時代のもとで〈ぼろ〉を着るまでに落ちぶれたものの影にはどこかホームレスの姿も散らつく。武器やお金の力ですべてを支配するという人間システムと、古来人間が大事に守ってきた自然生活の祈りの体現。このギャップこそが、この詩の強いインパクトを生み出している。そして、厳しい批判精神が発揮されていながら、読後感はやるせなくさびしい詩情に満たされる。この幻視されたリアルな心のかたち。それが魅力になっているのだ。

他の詩選集では、初期の詩が読める1971年刊の現代詩文庫『高良留美子詩集』（思潮社）、晩年の詩集『崖下の道』までを網羅した2016年刊の現代詩文庫『続・高良留美子詩集』（思潮社）があり、先に紹介した1992年版日本現代詩文庫とあわせて読めば、この詩人の詩世界の全体が見渡せる（この論考発表後、待望の『高良留美子全詩』上下巻（2022年・土曜美術社出版販売）が刊行された）。

最後になるが、こうしたすぐれて21世紀的先駆性をもつ詩を書いた高良留美子という人ゆえに、新しい詩の存在を発掘・応援することにも尽力した。そのひとつの実例として、今年3月にわたしが代表を務める小熊秀雄協会の会報第24号にわたしが書いた記事「黙とう―ご逝去―」を引用する。

会員の高良留美子様（東京）が逝去されました。高良さんは現代詩分野にとどまらない幅広い活躍で戦後文化界・思想界をリードされました。また、故・木島始さんと共に小熊秀雄賞の最終選考委員を務められるなど、新しい詩の存在を積極的に発掘評価し励ます貴重な存在でした。当会代表の佐相も旭川にて高良さん木島さんの御文で頂いた選評と賞状を繰り返し自分への励ましとして、ここまで広範な皆さんと共に歩むことができました。深く感謝し、謹んで黙とうを捧げます。

（「小熊秀雄協会会報」第24号）

＊「詩と思想」２０２２年8月号・初出。

21世紀に生きる河邨文一郎詩集『物質の真昼』
～2006年・大阪講座～

今日は皆さんと河邨文一郎詩集『物質の真昼』を読むということで、よろしくお願いします。

まず最初に、この詩集のタイトルを聞いて、皆さんはどういう風に感じられたでしょうか。『物質の真昼』。私は初めてこの詩集のタイトルを見た時に大変刺激的で、一体どういう内容なのか、興味をそそるタイトルだと思いました。

しょっぱなの詩からガツンとすごい詩なんですが、読みたいと思います。「序詩」ということで、詩集の冒頭に書いてある詩です。

物質の真昼

遂に、新しき詩歌の時は来りぬ。

そはうつくしき曙のごとなりき。
——藤村詩集——

物質よ、
起ち上れ、
いまこそ君たちの歌をうたうために。
《物質に感情はない！》などと
言いはる頑冥な詩人たちを
その歌声で押流せ！

実験室。
零下三〇度。
張りわたされた少女の一すぢの亜麻色の髪に
雪の、匂やかな結晶が一輪、花ひらくとき、
素朴なエボナイト棒が、
ネルの柔肌にふれ

バラ色の帯電におののくとき、
唇のぬれた触れあいで、
アセチール・コリンの奔流が、間脳からどっと解き放たれ、
ふたつの泡立つ肉塊を、めくるめく間に
はるか元初の熔岩と焔のなかへ放り出すとき、

どんなに痛く、僕の肉体が思い知らされたことか、
感情とは
ふたつの物質の接触点に火花する
物質の反応であるということを！

力をこめて、
いまこそうたう、
軌道を逸れることを許されぬ地球のニヒルを、

血管の迷路を

感染巣へ急ぐ白血球の大部隊の
燃える闘志を。
放射能を背負わされ、触れるものを、自らをさえも腐蝕しながら
黒潮にさすらうプランクトンの
絶望を。呪いを。

僕はうたう、
生誕と死との間に生きる
脈うつ物質のいのちの感情を、
人間の言葉で
人間に新しい火をふきこむために。

全身の細胞たち、
唱和せよ、いのちのかぎり!
ありとある元素、
奏でよ、強烈なエロイカを!

おお、大宇宙、
僕を中心にして十方にひろがる
この、けんらん不滅な
物質の真昼。

という詩です。この作品がこの詩集の冒頭に置かれているのですが、大変強烈な詩だと思います。大体、批評的な詩というのは、批評の矛先が最初読むと大体分かるんですね。他方、抒情的な詩というのは、抒情の波に読者が乗っていく時に共感が得られるわけです。その両者が単純すぎると読む新鮮さが薄れる。で、この詩はですね、その両者ががっちりスクラムを組んでいて、いい意味で何か異質なもの、当時すぐれて新しいものではなかったかと私は感じます。この詩集全体のテーマを一番よく示した詩だと思うんですけれども、自分の肉体から出発しながら、自分の肉体を含めて地球の物質の側から批評する。批評の矛先が思いがけないスケールの地球であり、世界であり、物質の側からこのように勢いある言葉で、私たちに「物質とは何か」「感情とは何か」と突きつけている詩です。

最後に書いてありますが、物質というものが今でもたくさんあって、生き生きと動いているのだ、と。その物質の側から何かに反逆して、今の世界、あるいは自分の精神のがんじがらめの状態から解き放たれるんだ、ということで、物事の、世界の本質としての物質についてうたっています。途中にですね、〈放射能を背負わされ、触れるものを、自らをさえも腐蝕しながら／黒潮にさすらうプランクトンの／絶望を〉とありますが、この詩集は１９５９年４月の刊行です。時代背景を少し見てみますと、アメリカの水爆実験と第五福竜丸の事件があって、日本の二度目の被曝体験がありました。この時代は大変暗い時代で、朝鮮戦争が１９５０年に始まりまして、アメリカとソ連の代理戦争と言われましたが、日本はアメリカ側に入る形で関わっていってしまって、世間的に言えば「高度経済成長」という、庶民がいっぱい働かされて経済は一応上っていくという過程なんですが、世界が動揺して戦争のあとがまだぬぐえない、そういう時代ですね。そういう時代にですね、〈黒潮にさすらうプランクトン〉というのは、黒潮は太平洋を南から流れてくる海流ですが、読んだ時にですね、書いていないけれども、そういう第五福竜丸の事件なんかも想起させる、そういう背景で書かれている詩です。

次の詩を読みたいと思います。この人はお医者さんなんですね、河邨文一郎さんは。それで、この「無影燈のもとに」は手術の一場面を詩にしたものです。

無影燈のもとに

無影燈のもとに

僕はメスをとる。
手術室の壁タイルを鏡にして
無数のメスが映り、思索し、疑い、確かめながら
一せいにうごく。
学会のひしめき寄せる論敵よりも
冷酷な追試の集中。

からだの内部に僕のメスが描く
巧妙なカーヴ、
正弦波《サインウェーブ》、
双曲線《ハイパボラ》、
電流のような直線《ストレイト》。
妥協のひとかけらも許さない必然のコースを辿って
肋骨がはじけ、
チューブのように脊髄がぬき出される。
そうして四方の壁から射返される熱い反響の焦点に
白金のように僕は耐えるのだ。

手術室をとりまく厖大な闇に
七色に泡立つシャボン玉、
おびただしい手術室が浮び漂よい、
どれもの中心に、熟練したメスのタクトが振られ、
無数の壁タイルの上のメスのオーケストラがとどろく。
そして、そのどれもの片隅の一枚の上に
批判し、
追試し、
学びながら
閃めくものは僕のメスだ。

地球上のあらゆる座標で、
肺も、脳も、心臓も、
あらゆる器管をひらき、組みかえ、
メスがすすむ。
永遠を流動する

元素の無数の組合わせのなかから一度だけ許された
人間としての存在を延長する、
その単純無比な目的に、メスはすすむ。
現代人よ、観念のジャングルにさまような、
メスはすすむ。
世界中のメスに追試させ、実証させ、
それ自身の本能で、
しつように
存在の神秘にとどくまで
それはすすむ。

という詩です。自分を手術室の一員として、手術というものに焦点を当てて、対象の人体というものを手術する側から描いた大変ユニークな詩です。途中までは手術のことを書いてあるんですが、ここを読んで強く感じるのは、ひとりの肉体の運命を左右する行為を今しているんですね。自分の失敗は当然、相手の死に結びついたりする、そういう職業で、命ひとつの重さっていうのがこの人の詩には強く実感されて、そこにポイントがあるんじゃないかと思います。

で、自らのことから出発しながら、必ず地球上のもの、世界のものに結びついているんですね、河邨文一郎の詩は。この作品の〈地球上のあらゆる座標で〉というところなんかがそうなんですが、ここに発展と飛躍がありまして、〈現代人よ、観念のジャングルにさまような〉というのは大変挑発的ですけれども、かなり鋭い批評じゃないかと思います。時代は真っ暗なんですけれども、みんないっしょうけんめい生きているわけです。そこでですね、観念のジャングルにさまような、と、詩論のひとつとも言えるものを提示しています。

次の詩です。先ほどは人体に焦点を当てましたが、今度は、その人体がある特定の人で、戦争のことに話が発展していく詩です。最初にある〈コレヒドォル〉というのをちょっと説明しますが、これはマニラの近くにあるフィリピンの地名です。第二次世界大戦で日本軍とアメリカ軍が血みどろの戦いを行った地です。

無名戦士の墓
—S・に

コレヒドォルの土の底に
ひっそりとかれはいる。

おびただしい砲弾の破片と、ひん曲った銃剣と
白と黄の七人の敵兵にかこまれて
かれの骨格がながながとねそべっている。
戦争のかくれんぼにかくれおおせた、いたずらっぽい笑顔は
指をふれれば、かるく灰となって崩れるだろう。
くろい土の底ふかく
透きとおる脆さで《人間》の原型をささえているのだ、
胸のボタンに、ものうげな指をからませて。

土は肥えている。そのくらがりに
毛細管のように絡みあう野バラの根が
破れたヘルメットまぶかな
かれのふたつの眼窩を這いまわる。
いつも思いつきのいいかれらしい！　かれは地下からバラの花を
潜望鏡のように突き出して、のぞく。

地上にはなにがある？

まばゆい昼と、
海の微風にさゆらぐ
まわりのバラたち。
ふき上げる鮮血のバラ、肝臓そのままの青ぐろい、
伸びてゆく爪の色の蒼じろい、それら七つのバラの中心に
かれの脳髄を食った白いバラ、
露出されたかれの重い脳髄そのものが、くっきりと
エメラルドの空に浮かんでいる。

太陽は灼く、
誰もしらない、ここ無名戦士の墓地に、汗ばんで立つ八つの
生きているバラを。
また――地平のはてにみえかくれする
王妃や、枯れた老人や、むく犬たちの、無数の墓地を彩る
肉の花々と
そのなかを流れる永遠を灼く。
……どっちみち同じさ、と低くつぶやく

遠雷を、自然そのものを
太陽は灼く。
憎しみをこめて灼く。

かなりグロテスクな描写です。私たちが何気なく踏んでいる土ですね、そこに戦争で亡くなった人々のものが地下にあるわけです。死んだ人間というのはそれが惨たらしいものであっても、それが養分になって、そこから植物が生えてくるんですね。バラが咲いていて、その養分はそこに横たわったSという無名戦士が与えているんだというんです。そこから無名戦士の、主観にカメラを移動させて書いているんですけれども、命というものが土に還っていく、と言ってしまうと少し陳腐になるかもしれませんが、その実態がすごくよく描かれていると思います。

絶望的な戦争、当時の絶対主義的天皇制のもとで逆らえない戦争でですね、フィリピンに行かされて、誰からも何の慰めもなく死んでいった無名戦士ですね。その人がいまだに見ているんだ、と。グロテスクに太陽は照りつけて、しかしバラはどんどん咲いていく。この詩の批評性は強烈だなと思いました。戦争批判の詩ともとれます。

河邨文一郎さんとフィリピンとの関わりですけれども、このコレヒドォルに取材した作品のほかに、フィリピン独立の英雄であるホセ・リサールという詩人がいるんですけれども、このホセ・リサールさんが処刑される時に書いたとされる詩をですね、河邨さんは初めて日本語訳されています。この詩はフィリピンで詩碑になっていて、その除幕式に河邨さんは参加していて、その時のことをエッセイ集『人間の星座』の中の「国民の祈り」という文章に綴っています。そこで彼はこう述べています。

〈僕らは先人の心にさかのぼるとともに、ふたたび海外に―特にこんどこそ、アジアの諸国に学ばねばなるまい。僕ら日本人と日本の未来は、フィリピンをふくむアジアの人々とその国々とともに歩む路線に開かれねばならない。〉

河邨さんはそういう思想をもった方です。埋もれてしまったアジアの文学作品を掘り起こそうという仕事もされました。

次は、こうした鋭い批評眼が自らの大脳に向かう詩です。

詩人の脳
―きたるべき日の、僕の病理解剖執刀者に。

脳膜の動脈の赤、静脈の青が織りなす
華麗なヘア・ネット。
おはよう！　ヘル・ドクトル・プロフェッサア！

メスが閃めき、
取出されるずっしりとした手ごたえ、
僕の大脳。

国々を色で染め分けた地球儀さながら
モザイックな脳が
君のてのひらでくるくるとまわる。
ここはアトランチック、
また、パシフィック、
精神世界をうるおす髄液《リコオル》の潮流が
二つの大洋にそそぎ
大脳をまっぷたつに割っている。

《右の大脳半球は左半身を支配し、
　左は右を操つる。》
親愛なるわがプロフェッサア・デア・パトロギイ、君は
そこで医学のイロハをつぶやく段取りだ。

さて、それから、小首をかしげ、
君はてのひらに秤る、
二つの大陸の間の重たい火花、
お互を無限遠へはねとばそうとする
相容れぬ仇敵の対立を。
君、そいつだよ、
そいつが僕の短い生命を引裂いた！

僕の同僚、門下生、学生たちの視線の焦点、
君のてのひらで、
僕の大脳は白熱し
光芒を放つ。
……その内奥にうずくまる海馬《ヒポカンプス》の身じろぎ。
地心に燃える黒い炎のようなもの、
恋、憧れ、反逆、虚無、
うすぐらい渦状星雲──詩の
めざめよ。

時がきた。
メスは赤道に沿うて
ズバリと走った！　僕の脳はひらかれた！
ばたばた飛立つもの、それは
肝臓にたらふくな禿鷹か、
飢えに狂うた白鳩か？
したたるものは一滴の貴族の血か、
賤民の憎悪の黒い汗か？
きこえてくるものは
次々に十人の聖女を犯して、いよいよ陽気な口笛か、
老いた淫売婦《ぢごく》にかきくどく永遠の愛の誓いか？
それとも、どさりと音立てて落ちる札束か、
荒野のはての十字架か？

だが──もしも、
その切口がしいんと静まりかえったままだったら、

そこからしみ出る声なき祈りに
耳をすませ。
それは、永遠に呪いあう二つの声か？　間違いなく、
間違いなく、それは二つか？
二つか？
二つか？
医科大学病理学教室所蔵の分厚いプロトコルの一ページに
ヘル・ドクトル・プロフェッサア、
君はそれを明記せよ。

斬新な詩ですけれども、皆さんも私ももっている大脳ですね、右脳と左脳のバランスで私たちは今日も生きているわけです。そこにメスを入れて、自分の肉体というものを対象化して批評しているんですね。発想が面白いと思います。

対話性があって、ドクトル・プロフェッサーに向かって言っているという形をとっていますが、私たち読者に向かって語りかけてくるんですね、ビンビンに。

その解剖ですが、人体が世界の鏡になっているんですね。人間の脳を開けて見ると、そこには地球の真の姿が、まったく同じではないですけれども、ちょうどよく似た様子であ

らわれているんだ、と。〈アトランチック〉〈パシフィック〉というのは大西洋と太平洋のことですけれども、地球儀を想定しながら、今地球で起きていることを想定しながら読みますと、詩人の脳を解剖すると、そこに世界があって、世界への眼がある。

それから、ここにはこの人にとっての〈詩〉というものもよくあらわれているんじゃないかと思います。〈恋、憧れ、反逆、虚無、／うすぐらい渦状星雲―詩の／めざめよ〉と言っていますが、これ、自分の脳から出てくる詩を分析しているんですね。人間の脳を解剖してみたら、そこに詩人のいろいろな感情が出てきた、と。普通に無意識的に日常生きているだけでは、本当に自分が生きている証、心の叫びみたいなもの、そういうものは見えないのですが、がんじがらめの自分の中には、本当は自由に羽ばたいていくものがあるんですね。それが詩につながっているんだ、と。どろどろしたものですね、恋も反逆さえも。

河邨文一郎の詩は、ご覧のようにダンディで、形式や構成というものを重視して書かれていますし、それも新しい詩の形を意識して書かれています。

同時に、彼の詩の根本には、民衆の側に立っていることがあります。新聞には、人が3人死んだ、500人死んだ、何百人殺し合ったと書かれていますが、人がひとり死ぬということは実は大変なことなんですよね。ひとつひとつの命の尊厳は重いのです。で、地球上にはそうして死んでいった無数の命が土の養分となって、植物ともつながっているんですね。そういう壮大なスケールで描きながら、人ひとりをちゃんと見ている、命の重さをちゃんと感じているところが、この人の詩の特長じゃないかと思います。

先ほどの「無名戦士の墓」なんかを読みますと、私は以前京都に住んでいたことがあって、応仁の乱のことを連想するんです。室町時代後半、戦国時代のはじめにですね、当時の大きな武士が二派に分かれてしょうもない争いとしょうもない後継ぎ問題でですね、11年間も京都を焼け野原にした戦争です。そこでですね、私が住んでいた西京区の桂川は、その時の死体をいっぱい投げ込んだとされているんですね。日頃、とてもきれいだなと見ている桂川ですが、そこにはたくさんの人たちの死体が土にとけて水に流れて成分になっているんですね。そういう感覚で自然界を見るというのは、人類と地球の自然をこれからの時代に考える際に、大変示唆に富む視点を与えてくれると思います。この人は1950年代にこの詩集を書いているわけですが、大変先駆的なものを感じさせる、地球自然と人体の関係です。

また、先ほどの「詩人の脳」ですけれども、これは現代詩の挑戦だとも思うんですね。形式、フォルムという面から見ても、この人の詩はとても意欲的、実験的で、斬新です。この詩集は40代のはじめに出されましたが、主に30代後半から40代はじめの作品群なんですね。彼はその後いろいろな詩を発表していきますが、それまでの詩歌を積極的に受け継いで、さらに新しい現代詩をつくるんだという気概が感じられて、詩に強い関心のある人が読むと、ただ内容に共感するだけではなく、知的な詩のフォルムの楽しみ、読んでいくと「ああ、詩ってこうやって書いてもええんか」と、そういう開拓精神を強く感じるんですね。
　ここまで見てきましたように、河邨文一郎の詩はスケールが大きいのですが、そこには苦悩も尽きません。運命のようなものとそれへの抵抗を書いた詩二篇を読みます。

エゴ

僕はただよう、
ふりそそぐ光の粒子。
夢みる少年の瞳にうちこまれ、
僕は泳ぐ、血管の河を
のびちぢむ血球たちともつれあって。

僕は散歩する、
骨の牢獄の廊下を。
こつこつとステッキの先で壁を叩いて

にやりと意味もなく微笑みながら。

大理石の内部からあふれ出る泉に
浴みし、
女王蜂のするどい針のさきで
踊り。

僕に典型はない。
僕は刹那だ。
転身だ。

ラジウムから脱出する中性子にまたがって
笑いこけながら、僕はとび移る、
癌のあばた面へ。

僕は飛ぶ、猛烈なスピードで
一億光年の時のなかを。

乙女座星雲の渦にとりのこされた
はるかな、もう一人の僕と交信しながら。

僕は、ふれあう唇のあいだを滑る
芳香。

広島のコンクリート壁にやきつけられた人型から
ただよいのぼる黒い怒り。

そして、いま――
僕はしばらく休むのだ、
無数の仲間と身を寄せあって築き上げた
六〇キロの人間――僕のなかに。

ときどき、
重い大建築の一本の鋲のように
崩壊の不安におののきながら、

僕は狂い出しそうになる、
けっして滅びることのない僕の宿命、
めまぐるしい変転の
おそるべき退屈さに。

運命へのプロテスト

氷柱のチュウリップのように
空間に嵌めこまれている僕。
起きていても寝ていても、笑ってみたって、わめいてみたって、こっそりキスしている
　ときだって、
いつも、皮膚の上から僕をぴったりと押しつけている
気圧のてのひら。

ああ、洋服みたいにこの僕も生地から切抜いて貰えたら！
聖ジャン・バチストのように
ロダンのネガティヴから歩み出られたら！
—まいにち、僕のすることなすこと
空間への反逆ならぬはない。

僕は拳骨をふりおろす、宙はふわりと逃げ、その鼻先に立ちどまる。
隙を見て一目散、さてどこまで走っても、額に宙につきあたる。
ついあきらめて振り向くと、宙のやつ
僕のもとにいた場所にするりと入りこんで
けろりと澄ましこんでいる。

ああ、なにをしたって無駄なのか。焼かれて灰になって、風に吹きちらされたって
ここからのがれ出ることはできぬのか、
火薬や売笑婦のにおいで息もつまる、血だらけな、
生だの死だの、万有引力やエントロピーの世界から。

くたびれもうけの僕のムッシュウ肉体、おこるな、おこるな、
狭っくるしい君の内部にだって、幽閉されたマドモアゼェル精神が
しくしく泣いているじゃないか。

僕にはしみじみと分る。
生れぬさきから人間世界に囚えられている
性細胞のデカダンも。

虚無をめざして飛び去りながら、
反ってどこまでも宇宙を拡げてゆく高速度星雲の
やぶれかぶれの絶望も。

という二篇です。ここには物質の遍在があります。地球の物質というのは人間を構成する物質と同じで、遍在しているんですね、昔から。死んでは生まれて、いろいろとグルグルグルグル。ということと、人間ひとりの中にある自我というものの、衝突と言いますか、絡み具合と言いますか、そこらへんですね、どろどろとした、それが大変のびのびとした筆致で描かれています。

精神と肉体の相克といいますか、精神は羽ばたきたいと思うのに肉体がついていかないという限界があるんですね。肉体には病や精神葛藤などが進行します。物質の限界というものを認めつつも、その中でもがきあがき、羽ばたこうとする精神ですね。この作品にはそんなペーソスを感じます。生きてきて、なかなか克服できない、人類のどろどろしたものを、ユーモラスなペーソスで描いています。

この詩人は若い頃に結核にかかっています。それで戦争には行かずに済んだのですけれども、結核で何度も死にそうになるんですね。戦後、結核の治療法が発達してこの人も奇跡的に生きのびて80代まで生きましたけれども、「死」というものを若い頃から見つめている人でした。東京時代に労働運動もやった人です。そういったところから、人間のいろいろなどろどろの実態を知るのだと思います。

河邨文一郎の詩には人間臭さとスマートな輝きの両方があります。対照的なんですが、そうしたさまざまなトーンで語りながら、詩運動を含めて新しい詩歌の時代に、地球と自分との関係、人体を解剖して研究し、内面のどろどろを研究しました。

時代背景は朝鮮戦争が休戦した直後で、米ソ冷戦が本格化していく頃です。ソ連のスターリンが死んで、実はユートピアではなく、ソ連でも汚いことがいっぱいあったと明らかにされて、日本の革新的な民衆もさまざまに揺れ動いた暗い時代です。

詩の世界で言うと、「荒地」派や、民衆のサークル詩も紹介するという一面も持っていた「列島」、のちに長く続いた「地球」などがありました。

河邨文一郎さんは北海道の方で、１９１７年ロシア革命の年に小樽で生まれます。10代から結核を病みまして、本をたくさん読むんですね。ボードレールやリルケなどに影響を受けていますが、10代の終わりにいわゆるマルクス主義に触れまして、そういった関係の哲学書なども読んだそうです。詩の面で決定的な影響を受けるのは、１９３７年と言いますから日中戦争が始まった年ですが、金子光晴の詩集『鮫』、これは批評性の鋭い詩集で、戦後特に脚光を浴びて、よくもあの時代にここまで見ていたなという先駆的な詩集ですけれども、この金子光晴の詩集に衝撃を受けたそうです。それで、金子光晴に接触するんですね。河邨青年は若いですから積極的に行動します。金子光晴も河邨青年を快く迎えてですね、そこらへんから詩を生涯の道にするんだと決意したのがはたちくらいの時です。その後、さまざまな文芸運動に関わっていき、村野四郎や春山行夫なども彼に期待するんですが、北海道と言えば更科源蔵という名詩人がいまして、実を言うと私が一番好きな詩人のひとりなんですが、アイヌに寄り添って、自然や人間やこどもたちなどを抒情性豊かに書いた詩人です。その更科源蔵に出会ったところから河邨青年はまた飛躍します。更科源蔵がこの河邨文一郎を大変気に入りまして、戦後には「野性」という詩誌の編集も任されます。北川冬彦などとも詩の世界で出会っています。そうした戦前戦後にわたる詩活動においても彼は詩を磨いていきました。途中、「反戦主義者」ということで特高警察に検挙されています。戦後も結核が再発したり治ったりでしたが、東京で逓信病院に働いた時に組合運動が盛り上がりまして、全逓信労働組合支部というのが結成されて、その書記長を務めています。20代から30代、彼は詩文学の世界で活躍しながら医師として働き、かつ労働組合活動もしました。荒地の詩人たちとも交流しつつ、列島詩集にはゲスト参加もしています。北海道関係では萩原貢、木津川昭夫、佐々木逸郎、原子修といった諸氏と詩運動を共にしていったようです。仕事の面では35歳で札幌医大整形外科教授となり、肢体不自由児の施設設立に彼は率先して関わり実現させています。肢体不自由児のための医学では世界的に著名だそうです。そういったあぶらが乗った30代の大活躍の中で書きためた詩作品が42歳の時にまとめられたのがこの詩集『物質の真昼』です。この詩集の刊行が大きな力となって、その後ですね、彼の詩は世界へとひろがっていきました。「踊れ、メアリー」という作品では演劇の中の詩を追求して海外で上演されたりしています。１９７２年には札幌冬季オリンピック主題曲「虹と雪のバラード」を作詞しています。さまざまな活躍をして、２００４年に亡くなりました。

ざっと紹介しましたが、この人はただのエリートではないんですね。経歴だけ見ますとエリートに見えますけれども、先ほどからお話しているさまざまな経験や行動を見れば、彼は反骨の開拓者だと分かっていただけるでしょうし、何よりも彼はお医者さんの眼で命を見つめ、人間を見つめ、世界を見つめているんです。自分の命が危うかった経験から彼は他者の命の危うさも感じることができて、人体を見つめることで社会的なことまで洞察していた人だと思います。

では、また詩集から一篇読みます。

原形質学者の午後

一

顕微鏡の下、
結晶の内部世界のふしぎな光の氾濫のなかで
アメーバがうごめく。
なにものかの透明な指先にこねまわされるように
凹んだり、
ふくれたり、
不可知の声に誘われるように

虚足を出して
活発に進む。
《まだ眼のあかない生れたての赤ん坊みたいな
　意志―そのものの動きをみるようだ》
彼はしずかに注射筒の尖から
昇汞水をぽとりと垂らした。

おお、一瞬にして
宇宙の転回。

かたちはもとのままに在る、
だが、ひた、と動きを止めたアメーバ。
死の世界をてらし出す
なんという明徹した光。
《なんとも信じられぬ変り方だ。

やはり「生命」というものが飛び去ったとしか考えられない。
……まるで小鳥のようなそれは、世間のひとのいうとおり、
肉体とは別な実在なのか?》

目まいが起った。
立ちあがる。

顕微鏡台を離れる彼。

二

網膜に凍りついたアメーバの残像に
重なりあう
試験管の乱立。

夕日にいろどられ、
燃えあがる実験室のあらゆる器具。

理性の冷厳な視線に似た
その強烈な反射に射すくめられて
彼は恥ぢた。
めざめのような爽やかさ――
迷いから解き放たれて彼の手は
コルベンの列にのびる。

手早く彼は組合わす、いく種類もの膠質を
アメーバの組成そのままに。
彼の手はそこで、ひたと止まる。
《この膠質塊が動き出すために、
　生命の合成のために、
　もうひとつ、
　ただひとつ、足りないものは？……》

しのびよる夕闇に
彼は夢みる人になる。

彼の野心にかかわりもない世界のはてに、
物質は蘇えり、呼吸《いき》づき、
そして歌う。
いま―夢見心地に
物質から絶え間なく生れる物質の
晴れやかな産声《うぶごえ》を、彼はきく。

奔放な想像力がリアルな描写の中に大変よく出ていると思います。「原形質学者の午後」というタイトルからしてユニークですけれども、学者がですね、アメーバの死を見つめるんですね。後半は物質から物質がまた生まれるんだと、恍惚とした想像を綴っています。リアルでありながら夢があり、生命の厳しさを見つめていながら世界に積極関与しようとする光があります。ここには先ほどからの諸作品にも明確だった「命」ひとつの重さへのおののきが特によく出ています。昨今、命が大変粗末にされる社会でですね、こういう詩を読むと、深く胸に伝わるものがあるのではないでしょうか。

自分を書き、世界を書く。ただ自分のことだけを書いているのではなく、また逆に、ただ客観的に冷たく突き放して世界を書いているというのでもなく、自分の悩みとして命を書き、しかも物質の側からそれを見つめているのです。時代は変わっているのに、今読んでも実に新しく感じられるんですね、この詩集。

ここで、私にとっての河邨文一郎、まあ一度も会ったことのない人ですけれども、私にとってのこの人の詩世界との関係というか、縁のようなものを述べたいと思います。

私は幼少時に大きな手術を受けまして、その時、一度「死んでいる」んですね。あと30分遅れていたら死んでいたんですけれども、メッケル憩室という珍しい病気で、治ったんですけれどもね。それを体で記憶しています。一回死んだということが、もしかしたら私の中で、何か思いきってやってやろうという羽ばたきにつながっているのかもしれません。一回死を見てしまうとですね、変に狭いこだわりとかそういうものがすごくバカらしいという発想になるんですね。命は一回しかないんやから何か思いっきりやったらええんや、ということですけれども、時々そこに立ち返る人間です、私は。各地を転々としてきました。転々としますと、転々とした者にしか見えないものもあるんですね。どこの土地でも、どんな場でも、いい人もいるし嫌な人もいますが、そういった表面の奥の本質のようなもの、が見える時があるんです。別に転々とするのがいいわけじゃありませんが、そういうことが時々あります。それから、私は以前悩んでいる時に北海道を放浪したことがあります。その風景はゴマフアザラシを始め、特別の力を私にくれました。そういう人間です。

そんな私なので、河邨文一郎の詩選集にはとりわけ深い感銘と共感を覚えました。特に詩集『物質の真昼』の詩群です。

今日最後にご紹介するのは「生命の河」という詩です。皆さんも私も必ず死んでしまうんですけれども、いつか死んでしまうからこそ、うれしいことの喜びがひとしおだったりします。そして、いっしょうけんめい生きているわけですね。そんな皆さんのひとつひとつの命への励ましをこめて、この詩を朗読します。

生命の河

心臓が停って、全身の細胞が崩れはじめると、
僕は
永遠に失われる。
僕のために、そんな悲しそうな顔をつくるな。
元素の無窮の流れのなかから
僕という人間が
ふたたび組合わされる奇蹟はもう起りえない。
僕は崩壊し、分裂し、溶け、流れ去り、
骨の硬さもやがてカルシュウム分子となって

地中の
根瘤バクテリアを肥らせるのだ。

君たちは悲しんでくれるだろう、
僕がもはや散歩しなくなり、
煙草の灰を紅茶の下皿に落し
くるくるダイヤルを廻しながら
いたずらっぽく微笑しなくなったことを。
だが、僕の墓に花を捧げるとき、
君たちの髪をなぶる微風のなかに僕の声をきくだろう、
《おい、そこはからっぽだよ、僕はここにいる!》
地下水を吸い上げて、墓のうえに影をつくるリラの花心に
僕はいる。少年の無心のてのひらから
こぼれて光る砂のなかに、
若妻の胎内で分裂する四十六番目の染色体に、
あるいは
くらいベーリング海峡をさすらう潮騒のなかに、

幾重にも鉄条網をはりめぐらした
ロス・アラモスの原子炉のなかにはじけとびながら
僕はいる。

ああ、どうか分ってほしい、
かって心臓であり、花びらや、匂いや、光だったものが
君たちの肉体とこころを形づくり
カメレオンや、空気や、火や、赤ん坊になるために
君たちを忙しく出入りするのを。
君たちのひとりが恋を知る少女になったとき、
夜半にさわぐ血のなかに
丹波高原の一匹の牡牛を慕うすすり泣きを
ききわけるようになるだろう。
僕から十人の友へ。
十人の友から百人の未知の友へ。
アンドロメダから札幌までの広茫を充たしているものは
このコレスポンダンスなのだ。

宇宙とは
色とりどりの愛と祈りを綴り込んだ
豪華なゴブラン織なのだ。

やがて君たちも死に、
僕や君たちを覚えていてくれる人たちが
ひとりも人間界にいなくなり、
おなじみのてのひらも、片えくぼも、こうもり傘も、原稿も
永遠の元素の流れに委ねられるとき、

そのときがきても僕たちは人生のつづきにいる！
みすぼらしく、しかし豪華な
たえがたく苦しく、底ぬけに楽しい
けっして二度とは生きられぬ人生を、
空気のように呼吸しながら君たちが
僕の墓に花を捧げてくれるとき、

君たちの髪をなぶる微風のなかで
力いっぱい僕は叫ぶ、
《おい、ここだ、僕はここだ!》と。

私はこの詩が特に好きです。これは自分が死ぬ時のことを想定した詩なんですね。ほろりときます。

私はこの新しい詩集を後世にのこそうとした周りの人たちにもエールを送りたいんですね。まわりの詩人などが無視や妬みなどでのこさないと、いい詩もどんどん埋もれていくというのが日本の狭い詩の世界です。

北方独特のほとばしりとロマンのスケール。鋭い批評性の中のユーモアと地球生命感覚。フォルムの斬新さと詩運動への能動性。巧みな語りと表現の冒険。冷静で熱い対話性。新しい知的抒情のあり方。限られた肉体の中の物質というものが生み出した精神、その限りないひろがり。1950年代にあって、すでに地球全体の中で国家などをこえている発想の新しさ。物質の側からのヒューマンな逆説。ボードレールに影響を受けただけあって大変皮肉に満ちた鋭い書き方をしているんですけれども、伝わってくるものはヒューマニスティックですね。人間の体温を感じる視点です。

河邨文一郎の詩世界は、地球上でつながる生命と物質の遍在、精神の遍在のひろがりの力で読者を魅了します。

いかがでしたでしょうか。今日は、ありがとうございました。

＊　引用は日本現代詩文庫『新編 河邨文一郎詩集』（土曜美術社出版販売）より。

＊　２００６年12月16日、大阪市内「詩の実作講座」（ＰＯ）講演に加筆した。

21世紀に生きる小熊秀雄の詩世界
～２０１１年・旭川講演 及び ２０２１年・「詩と思想」対談発言より編集～

21世紀初頭のいま、はるか1世紀前に生まれた戦前の詩人・小熊秀雄の詩を読むならば、激動と痛苦の歴史の中で、読者はその先駆性に驚くでしょう。その詩は21世紀に新しく響いてくるのです。

1　広大な視野と希望の語りかけ
ステレオタイプでない生きた民衆の詩
苦悩する若者に呼びかける真の優しさ

小熊秀雄の詩の才能は、時代の暗黒とたたかうプロレタリア詩人たちのグループに入って、いよいよ活発にほとばしり出たのですが、彼の詩の魅力は「プロレタリア詩人」「社会派」の枠には収まりきらない発展性をもっています。当時の尊敬すべきプロレタリア詩人たちの作品群の中で、小熊の詩は、内容こそ共通の社会底辺の視点で書かれていますが、その詩世界の奔放な言葉は、意識的な構成による画期的なアヴァンギャルドの魅力をもちあわせています。流れるような思考リズムの語りで、内容と形式と音感と一種のサービス精神が一体となった独特の風味。太い思想の骨が通っていながら、底抜けのユーモアと真情があって、面白いと同時にしみじみとさせ、受け取るものは痛切です。そこに、戦後になって彼の詩が滔々と根強く、しかも幅広く愛され続けてきた鍵があると思います。

彼の詩は頭の中のテーゼから出発するのではなく、人生を背負った体全体から出てくる実感であり、そこに独学による旺盛な海外詩吸収と日本社会の矛盾をとらえる鋭い眼が融け合わさって、彼独特の広さ、面白さが生まれているのでしょう。

1901年に小樽で生まれて以来、さまざまな労働体験を伴って、サハリン（旧・樺太）、旭川、東京、などとさすらった生身の人間として、彼の言葉は直接人々に語りかける気さくな面をもっています。

その分かりやすい言葉はしかし、時に権力を撃つ辛辣な風刺、そして自分と同じ民衆の特に若い人々への炎のようなメッセージを表現しています。自問する内省の言葉にしても大変深い。大衆的な形式で深遠な詩精神を表現するという、このはなれわざはなかなかできるものではありません。スローガンの焼き直しのような空疎な言葉ではなく、近所の仲間の腕をとって「なあ、おい」と心臓から心臓へ生き生きと語りかけるような実感こもる言葉で、なおかつ常に客観的で冷静な眼をもって遠くまで俯瞰して、人間存在の深いところにしみこんでくる言葉。

作品の中に多少粗雑な言い過ぎがあったって、それまでが面白い個性として生きている。まさに、しゃべるぶっとび詩人といった感じなのです。破格の詩人、そんな感じです。そして、彼は辛酸をなめた人生の格闘の中で、民衆というものの特質をよく知っていた人です。その長所だけでなく短所も。彼の詩には民衆が民衆に呼びかける、「啓蒙」らしくない目線があります。

では、そんな魅力いっぱいの小熊の詩を五篇ノンストップで朗読しましょう。リラックスして、楽しんでください。

舌へ労働を命ず

太陽の直射の中にたたずんで
朝は、歌うたい

昼は、飯くい
ああ、夜は眠る然も熟睡である
プロレタリアートの
薔薇をどこに紛失したか
君は知っているか、
それは小鳥が咬えて行ったか
誰かが盗んだか、
いずれも正しい、
労働への感動は失われた
お前の花はそのためにしぼんだ、
とり戻せ
プロレタリアートは
あらゆる薔薇を、
美しいものを
労働の中から発見せよ、
ああ、私は歯をむき出して
ものをしゃべる人種である

その美しさを誰が知ろう、
口をつむんだお上品な方々には
私の素直さはお嫌いだ
ばくはつする口の労働
舌の早さよ、
考えていることは即ち
しゃべっていることと同じだ、
しゃべっていることは
勿論――考えていることだろう、
私はその方法を採る、
私の詩は尖塔《せんとう》にひっかかった
月のように危なかしいものではない
夜更けて、月がまわれば
尖塔もぐるぐるまわる、
そして朝には離ればなれになってしまう、
私の詩は空を掃く
嵐のホウキか、

唾液ですべる私の舌は
機械油で滑る車輪のように労働する。

茫漠たるもの

茫漠たる不安のために
私は必死となる
野であり、山であり、村落であり、海であり、
都会であり、村であり、空中であり、
地下道である。
すべての上に住み、
すべての中に住む、
そして何処にも不安がある、
そしてその不安を私の力で埋めようとする、
私はそれが出来るか、
私は知らない、

簡単明瞭な私の答えよ、万歳、
いま、私は仕事の最中
突然衝動的に一米突とびあがる、
この異様な感動は
いったい私の脳の
何番目の抽出《ひきだ》しにあった奴か、
私は今それを調べている、
抽出しにはこう貼紙がされている、
——匂いはロマンチック、
——性質はプロレタリア、
それでよし、それでよし、
私の精神の処方箋、
私は単なる掃除人のようであっていい
右から左へ、
精神を移す、
悪臭ある汚穢なるもの、
喧噪なるもの、不自然なるもの、

雑多な性質と、無性格、
天を摑む飛躍と、地をさらう脱落
私のひとふきの喇叭に
あらゆる素材よ、飛んで来い、
そして美事に整列してくれ、
――宿命はつらいし、
――運命は信じ難い、
そのことだけを考えても
すぐ二三時間は経ってしまう
それを喜べ、
喜ぶことは良いことである、
私の絶望上手は、
精神の貧しさを悲しんでいる、
高邁な精神には縁のないことを
つくづく考える、
愚劣な精神の労働にも
異常な感動を覚えることはどうしたことか、

その時生き甲斐をかんじ
そのとき茫漠は去り、
友の哀れむべき精神の工場から
濛々と不安のけむりが
立ちあがっているのを見る、
ああ、その煙りは昼は灰色にみえ
夜は赤く美事に空に映っている、
友は知らない、
その美しさを、
私だけがそれを見ている
私の美しさは私が知らない、
だが友達がそれを見ていてくれるように、
友よ、たがいに信じよう、
恐るべき時代に生れ合わしたことを――、
歴史の空白を
吐息と、われらが糞尿と
言葉の塵芥と、血と、

むなしい労働と、小さな反抗とで埋めよう、
すべて意味深し、
それでよし、
私は誰よりも軽忽でありたい、
私は我等の勝利の万歳をまっ先に叫ぶ、
私は偉大な唖呆の役を買う、
水蒸気は濃霧だ、
その中に我等の意志は停船している、
不安は霧だ、混濁だ、
この茫漠たる中で
君は化粧する時間など持つな、
ただ君の警笛のために
君の咽喉《のど》のために
絶叫する機会を与えてやれ、

魅力あるものにしよう

友よ、
私が突拍子もない声を出しても
驚ろいてくれるな、
君が悲しんでいるときに
私が楽しく歌ってもゆるしてくれ、
君が笑っているときに
私が悲しんでいるときもあるのだから。
共に自由に
泣いたり、笑ったりしよう、
そして私達の将来の運命について考えてみよう、
たがいに離れ離れに住んでいても
寝床の中で、そのことをじっと考えてみよう、
明日は街角で逢おう、
感想を述べ合おう、
私は夜通し泣いていても

君にはきっと笑顔をみせるだろう、
――私はそうした性格なのだから、

私を誤解しないでくれ友よ、
私はほんとうに
我々の運命を愛しているのだから、
――よし今日の運命が
　よきにつけ
　　悪しきにつけてもさ、
私達は明日を約束できるのだから、
おお、我々が今現に立っているところ
そこは曽つて我々が
遠くでみつめていた地平線であったのだ
さらに、私達は眼をあげよう、
前方をみよう、
そこには新しい、暁の地平線があるだろう、

いくつかの地平線を越えた、
このように我々は前進している、
その証拠には
君は靴の裏をみせ給え、
そんなに減っているではないか、
我々は約束しよう、
全感情をもって――、
我々は共に旅をつづけると、
ああ、運命よ、
我々の運命よ、
私は幾度もこの言葉を
繰り返していつも心におもう、
なんと魅力たっぷりの
言葉だろうと――
更に、更に、我々の運命を
魅力多いものにしよう、
我々の運命は我々の手によって

如何ようにも切りひらかれるのだから。

酔っ払ったり歌ったり

二六時中歯を喰いしばる程の
憤懣などはない、
そうした憤懣が私に詩をつくらせない、
民衆は、果してのべつに不幸だろうか、
民衆の中に
たくさんの不幸も見た
だがまた沢山の幸福も見た、
酔っ払ったり、歌をうたったり、
キネマを見たり、闘ったり
散歩したり、女を可愛がったり、
こんなことはみんな人間のすることなんだ、
忘れてはいけない、

我々は単なる清教徒的プロレタリアで
あってはいけないことを、
民衆の生活の中から
ピュリタンを、
しかめっつらの深刻癖を
とりのぞいてやりたいものだ、
楽しい歌をもって私はハシャグから
民衆はますます
生活をたたかいぬく
図々しさをもって
私の歌に合唱してくれ
私の憤りは
よき相手を発見したそのときだ
私は二十四時間の憤りを
たった一時間で粉砕できる
残った時間をみんな
民衆の喜びのために使う、

幸福な歌い手
そのような衝動的詩人だ、
また二十四時間の幸福を粉砕し
一時間で苦痛の歌にまとめあげる、
そのような不幸なマルキストだ
そのような激情の詩人だ、
これからは民衆はもっと気儘になるだろう、
そして会話の声も
ずっと高くなるだろう、
男は勿論、
思いがけない程女たちは強くなり、
男たちは益々露骨に
女を可愛がるようになるだろう。

しゃべり捲くれ

私は君に抗議しようというのではない、
——私の詩が、おしゃべりだと
いうことに就いてだ。
私は、いま幸福なのだ
舌が廻るということが！
沈黙が卑屈の一種だということを
私は、よっく知っているし、
沈黙が、何の意見を
表明したことにも
ならない事も知っているから——。
私はしゃべる、
若い詩人よ、君もしゃべり捲くれ、
我々は、だまっているものを
どんどん黙殺して行進していい、
気取った詩人よ、
また見当ちがいの批評家よ、
私がおしゃべりなら

君はなんだ――、
君は舌足らずではないか、
私は同じことを
二度繰り返すことを怖れる、
おしゃべりとは、それを二度三度
四度と繰り返すことを云うのだ、
私の詩は読者に何の強制する権利ももたない、
私は読者に素直に
うなずいて貰えればそれで
私の詩の仕事の目的は終った、

私が誰のために調子づき――、
君が誰のために舌がもつれているのか――、
若し君がプロレタリア階級のために
舌がもつれているとすれば問題だ、
レーニンは、うまいことを云った、
――集会で、だまっている者、

それは意見のない者だと思え、と
誰も君の口を割ってまで
君に階級的な事柄を
しゃべって貰おうとするものはないだろう。
我々は、いま多忙なんだ
――発言はありませんか
――それでは意見がないとみて
　決議をいたします、だ
同志よ、この調子で仕事をすすめたらよい、
私は私の発言権の為めに、しゃべる

読者よ、
薔薇は口をもたないから
匂いをもって君の鼻へ語る、
月は、口をもたないから
光りをもって君の眼に語っている、
ところで詩人は何をもって語るべきか?

四人の女は、優に一人の男を
だまりこませる程に
仲間の力をもって、しゃべり捲くるものだ、
プロレタリア詩人よ、
我々は大いに、しゃべったらよい、
仲間の結束をもって、
仲間の力をもって
敵を沈黙させるほどに
壮烈に――。

あぜんとするばかりのこの革命的楽観性ですよね。彼の詩を読んでいると、雄大な大河の流れや広い牧草地のような気分になって、生きることの根本から励まされます。

2　明治憲法のもとでの大日本帝国が、脱亜入欧、アジア諸民族蔑視の侵略思想で国民を洗脳していた時代に、アイヌ・朝鮮・中国の民衆の視点で詩を書いたことの先駆性と、その詩作品の世界文学遺産的

な輝き

コスモポリタンの自覚

私が「小熊秀雄アジア傑作三大叙事詩」と呼んでいるのが、「飛ぶ橇」「長長秋夜《じゃんじゃんちゅうや》」「プラムバゴ中隊」の三篇です。それぞれ長いのでここで朗読できないのが残念ですが、ぜひ一読してほしいものです。

その三篇の中味を見ていきましょう。

「飛ぶ橇―アイヌ民族のために―」

少年時代のサハリン（樺太）暮らしにつかんだ実感がこの詩のリアリティを生んでいるのだと思われます。

主人公のアイヌの男の生活と政治への目覚め、周囲の冷たい反応などが描かれています。アイヌの地を侵略した和人すなわち日本国家、そのなかでアイヌは滅びてしまうのかという切実な怒りと憂いが全篇を包んでいますが、ひとりアイヌに寄り添う和人がいて、物語はこの二人の人間交流へと移っていきます。動物カムイの世界観をもつアイヌらしく、犬の様子もリアルに展開されて、後半、犬たちは大活躍をみせます。

背景として描かれている当時の北の地の生活状況は、この詩に世界文学資料的な重要さをもたせていて、アイヌと和人が混在した庶民労働の村の様子や、世界経済の中の日本国家の動きなども洞察されているのです。日本への批判精神を文化的な具体例で当時ここまで鋭く展開できた日本詩人・小熊秀雄に脱帽です。

物語は、突如襲ってきた雪崩被害に飛躍します。屋根の梁の下敷きになった和人を、アイヌの男が必死に助けるのです。そのワンシーン、ワンシーンがたたみかけるような臨場感でリアルです。北の地を、アイヌの橇が犬たちの活躍で飛ぶように走る、重傷の和人の友を助けるために。

何という文芸実況中継でしょう。何という詩句のリズムと総合性でしょう。すぐれた客観描写のみならず、そこに内面がしっかりと描かれていることが、この叙事詩を小熊ならではの名詩にしていると思います。筋立てには両民族の、アイヌを主人公にした未来への希望がこめられていて、鋭いながらロマンがあるのです。これは、人間というものをよく知っている詩人の、同時代人たちのかなり先を行った、地球感覚の詩でしょう。

「長長秋夜《じゃんじゃんちゅうや》」

舞台は朝鮮（韓国）です。当時、すでに韓国は日本軍国主義の侵略により植民地にされていました。人間味たっぷりのひとりの老婆のかなしみを中心に、朝鮮の民衆の伝統的な暮らしとその破壊、暮らしの中のペーソスを描いたリズミカルな名詩です。老婆の生き生きとした描写が光ります。

韓流テレビ放送もないし、作者本人が現地に住んでいたのでもない。それがこのリアリティですから、驚くほかはないですね。この詩を現代の在日コリアンの人々や韓国の民衆に読んでもらったら、きっとそのリアリティに共感してくれるでしょう。小熊という詩人がいかに時代の先を見ていたか、人間そのものの真実を見つめていたかがよく分かる作品です。

村の中の新旧世代の矛盾と、朝鮮自体の日本植民地主義者たちとの矛盾。それでも生きている生活の匂い。味わい深い語り。詩の最後、〈すべての朝鮮が泣いている〉という言葉が痛切です。

「プラムバゴ中隊」

戦前の中国です。まさに当時、日本軍国主義が荒らしまわっていた中国です。当然のことながら、検閲でひっかかる恐れが強い。そこをくぐり抜けて小熊ならではの逆説的な構成で描ききった作品がこれなのです。

表面上は、〈支那《ママ》〉（中国）の軍隊と民衆の滑稽さを描いているようになっています。戦場での大衆的な葛藤と脱線。うまくいかない進軍。その愚かさが生き生きとコミカルに展開されます。ダメなやつら、しかし日中の事態を知っている現在の読者が読むと、そうではない全く別の感想がわいてくるのですよ。すなわち、この中国の民衆の軍隊は日本の侵略と戦っているのです。すると、こてんぱんに笑いの対象にされ、右往左往しているこの兵士たちが、なぜそんな苦しい目にあっているのかという意識から、読者はいつしかこの兵士たちに同情していくのです。こんな人間らしい、弱点だらけの民衆を餓死寸前の事態に追い詰めているのは、ほかでもない日本軍なのです。

中国人の滑稽さを描いている体裁だから検閲は文句を言えません。しかし、これは事を知る意識的な読者には、日本軍批判の詩とも読めるのです。

また、別の読み方もできるでしょう。この中国軍の矛盾はそのまま、日本軍の中の上層と兵士の矛盾である、という読み方です。国の呼称だけすり替えて、軍隊そのものの矛盾を書いたというわけです。

詩の最後に、日本兵に殺される間際に日本兵をさして彼らが叫ぶ、〈こん畜生、／こんな豚喰えるか、／こんな豚喰えるか。〉は、「愚かな支那人たちの無力なあがき」と見せかけて、人間・小熊秀雄が渾身の力で勇気をもって日本軍と日本国家を告発した、文字どおりの彼の本音でしょう。

以上、「小熊秀雄アジア傑作三大叙事詩」でした。当時はガチガチの大日本帝国思想の世の中です。「チョウセン、シナはニッポンより劣る、アイヌは和人より愚か」と洗脳される。そこにこの長詩三篇「プラムバゴ中隊」「長長秋夜《じゃんじゃんちゅうや》」「飛ぶ橇」を置いてみて下さい。小熊の詩の先駆性が光ります。しかも、第一級の詩の出来栄えです。

そんな国際連帯の心をもった彼は、コスモポリタンでありました。ロシア文学やフランス文学の強い影響を受け、アジアの文人と交流し、アイヌやギリヤークなど北方諸民族の生きる姿に共感し、社会科学の眼で日本軍国主義のナショナリズムの偏狭性を見抜いていた小熊秀雄は、「人生の雑種として」という詩を書いています。

人生の雑種として

どうせ私は植民地生れ
混血児なんだ、
お気にさわったら
御免なさい、
理解できなかったら

勝手にしやがれ、
私は人生の雑種として
節操がない
すべての男とすべての女の
腹の中に
私は胤《たね》をおろそう、
私の可愛い子供が殖えるように
私の思想をバラ撒《ま》こう、
私の無礼な性格は
私のせいではない
諸君よ、
私の父親を恨んでくれ、
私は日本酒と洋酒と
ちゃんぽんに飲む、
コスモポリタンだ、
どっちの国籍に属する酒が
私を酔わしたか

お医者もわかるまい、
日本的現実も
ソヴィエット的現実も
わたしにとっては区別がない、
ただし癪《しゃく》にさわるのは
足の立っているところの現実が
私に貧乏を押しつけたことだ、
そのことだけで
私は単純に怒る、
私は酔って頭が混乱しているのに、
奴は道徳的平静を
しんみり味わっている
良い身分だ、
海に囲まれたこの島国で
私は三十五年間
現実と和睦してこなかった
今更楯《たて》つくことはやめられぬ

舌はもの食うばかりでついていない
噛み切るためにもついている
太陽は空をうろつき
下界では
日本のアスファルト舗道を
右に左に千鳥足
私は思想のタテヨコと
嘔吐《へど》をもって
さんざんに汚すばかりだ。

そのような、いわばコスモポリタン的プロレタリアの眼で、同時代のともすると絶望に打ちひしがれる人々に向けて、力強い励ましをうたっています。

馬車の出発の歌

仮に暗黒が
永遠に地球をとらえていようとも

権利はいつも
目覚めているだろう、
薔薇は闇の中で
まっくろにみえるだけだ、
もし陽がいっぺんに射したら
薔薇色であったことを証明するだろう
嘆きと苦しみは我々のもので
あの人々のものではない
まして喜びや感動がどうして
あの人々のものといえるだろう、
私は暗黒を知っているから
その向うに明るみの
あることも信じている
君よ、拳を打ちつけて
火を求めるような努力にさえも
大きな意義をかんじてくれ

幾千の声は
くらがりの中で叫んでいる
空気はふるえ
窓の在りかを知る、
そこから糸口のように
光りと勝利をひきだすことができる

徒らに薔薇の傍にあって
沈黙をしているな
行為こそ希望の代名詞だ
君の感情は立派なムコだ
花嫁を迎えるために
馬車を支度しろ
いますぐ出発しろ
らっぱを突撃的に
鞭を苦しそうに
わだちの歌を高く鳴らせ。

3　体験から生まれた自然観と地球生命感覚
人間世界の相対化と洞察的な愛

小熊秀雄が住んでいたと思われる土地は、東京を除いて、小樽、サハリン（樺太）、稚内、旭川、と現在の北海道からロシアにいたる北方の地です。今よりもはるかに、そうした土地は原野と呼べそうな風景の自然に囲まれていました。人間が暮らすには過酷な自然でしたが、古来そこで暮らしてきた人々の知恵と体の慣れというもので、北方独特の豊かな景観が、少年・小熊の体と心の奥深く、愛着となってしみついたことでしょう。彼の詩世界にはそのような側面が明確ににじみ出ていて、それが大きな魅力ともなっているのです。そして、単に北方の自然をうたうというだけではなく、当時の日本社会では稀な先駆的観点、生きものに対する地球感覚的な愛情をもっていたと言えます。他動物は人間労働の単なる道具、あるいは見世物小屋的な感覚の時代です。何しろ、他動物はおろか、人間内部でも、女性に参政権も認めず「産む道具」扱いしていたような時代ですよ。そんな時代に、まるで21世紀の衛星放送番組でも見るように、小熊秀雄の詩には先駆的な自然観と文明批評による地球生命詩想が出ています。

　その背景には、つらい幼年期の家族関係も関係しているのではないでしょうか。彼は親の愛をまともに受けていない人です。自然世界が友だちでした。北方の草木や小動物、労働でも身近だった馬や牛などの哺乳類、などが小熊少年の寂しさを雄大な世界の豊かさへと転換させてくれたのだと思います。だから、人間環境が不幸な中でも動植物の生命界全体には抱かれているという世界観、自由を求めて獣のように野を駆ける飽くなき意欲、そういうエネルギーがあります。

　また、身近だったアイヌなど北方民族の、自然の恵みを神ととらえて感謝し、人間も動物として生態系の中で暮らすという世界観に影響を受けていることも感じられますね。

　自然界に親しみ、他動物を見つめることで人間を批評しています。ままならぬおのれの人生や歴史の暗黒を内省し、地球の上で明日を夢見ていたのでしょう。

　そのようなことがよく出ている詩を、またノンストップで三篇、ご紹介しましょう。

白樺の樹の幹を巡った頃

誰かいま私に泣けといった
白樺の樹の下で
幼い心が幹の根元を

三度巡ったときからそれを覚えた
草原には牛や小羊が
雲のように身をより添わして
いつも忙がしく柵を出たり入ったりしていたのに
私の小屋の扉は
いちにちじゅう閉じられたきりで
父親も母親も帰ってこなかった
夕焼は小羊達を美しいカーテンで
飾るようにして小屋の中に追いやったのに
ランプもついていない私の小屋の
恐ろしいくらやみが幼ない私を迎えた
百姓の暮らしの
孤独の中に放されている子供は
樺の樹の幹を巡ることに
孤独を憎む悲しみの数を重ねた
いまでも愛とはすべてのものが
小羊のように

寄り添うことではないのかと思っている
いまでも人間とは小羊のように
体の温かいものではないかと思っている
大人になっても泣けるということは
みな昔樺の幹を巡ったせいだ

類人猿

私は人間になりきれない
類人猿の悩みがある
私は人間になりきれない
いや——私は人間になってやらない
もし環境でも変ったら
人間になろう
それまでは私は
狂うように歩く

眠っていても窺っている
叫んでいても考えている
泣いていても笑っている
すべてが敏感だし、
環境だけが
私を猿の苦しみから救ってくれるだろう
どんな環境か――、
そんなことはちょっといえない、
そのときまでは救いきれない
私は走りまわる
私は一切を愛する
私は悪女のような深情をもっている
そして人間よりも活動的だ
そして何ものをも
自然から奪ったものは
自然へかえさない

地球の中にもう一つの私の地球がある

私は地獄に陥ちたのだと
人々に噂されている
ほんとうだ私は救い難い奴だ、
救い難いところへもグングンと這入りこむ
私は乱暴で、奇怪な、感情をもっている
私はそしてあらあらしい風のような呼吸をする。
だが、さまよう私の心は誰も知らない
私は野原を行くが、
自然の野の中に、もうひとつ私の野をもっている、
私は町をあるくが、
人々の町の外に、もうひとつ私の町をもっている、
ああ、地球の中にもうひとつの私の地球をもっている、
人々は私の孤独を、私の地獄と呼んでいる
近よりがたい敬遠と

引き離された距離に私は立っている、
人々は私を悪魔のように嫌がる
地球の中に地球がある、
人々の愛の中にではなく、
人々の愛の外に、私の愛がある、

4　暗黒時代の言論圧殺と病による憂愁とたたかいの自問
原点にかえる詩歌の深み

自分が私生児だと知った衝撃と、母を捨てた父への嫌悪。家出して、自らの世界を切り拓いていった小熊秀雄は、果敢にたたかいました。運命に対して、働く者を痛めつける政治に対して、偏狭なナショナリズムとアイヌ・朝鮮・中国を苦しめる帝国に対して、詩文学をお高くとまった文化人たちの凝り固まったものにしていた連中からの悪評に対して、政治への熱中から詩文学の追求をおろそかにしがちの仲間に対して、自分自身の中にもあるだろうさまざまな「敵」に対して。

彼は不幸を不幸に終わらせない攻勢的・能動的なキャラクターであり、抜群のよびかけ人でした。自らを「詩の俳優」と呼んで、人々を語りで楽しませながら、真の人間連帯へと詩の力で跳躍しようとした類まれな存在でした。

しかし、時代はますます暗くなり、侵略戦争と言論統制に染まりきった世の中になっていくのです。また、勇んで東京へ出てきたが、妻子と暮らしていくには原稿料収入は乏しく、しかも貧困の中で、彼は結核に感染してしまいます。

亡くなったのは1940年、39歳でした。

晩年の作品群は、生前自ら準備して最初は『心の城』と名付けましたが、死後、戦後になって中野重治が編集した『流民詩集』として刊行されました。そこに見られるものは、必死にたたかってきた者の哀愁、胸に迫る真情です。持ち前の向日性と批判精神、希望のユーモアなどに加えて、後期の詩には深い内省が生む人生の憂愁、あくことのない反逆精神を貫くことの傷ややるせなさ、ふるさとへの想い、などの影が色濃くにじんできて、またいっそうの人間的深みを見せているのです。三篇続けて、ご案内しましょう。

窓硝子

夜の寒い部屋の中で火もなく
ただ生きている心をしっかりと

支えている肉体だけが坐っている
硝子窓にじっと呪わしい眼をおしつけて
戸外の暮れも押しせまった街をみている
喧騒もなく景品つきの騒ぎもなく装飾もなく
じりじりと新しい歳にくい入ろうとしている
戦争もまだ止まない
避けがたいものは避けてはならない――と
強い声がラジオで吐鳴っている
やさしい猫が窓際にやってきて
向う側から硝子戸に体をすりよせ
内側の私に媚びたような格好をする
少しも私が嬉しがらないことを知らない
彼女が熱心に笑うそのようにも
尻尾で猫はしきりに硝子を
はたはたといつまでも叩いていたが
急にすべてをさとったように
また柔順な皮をするりと脱いで

野獣のような性格をちょっと見せて
閃めくように窓の下に落ちてみえなくなった
光らない昼のネオンを
裏側からみることのできる
ここの裏街の雑ぜんとした私の二階住居
罵しる詩を書く自由を自分のものにしていなければ
私は到底こうしたところに住むに堪え難いだろう
自由はいつの場合もとかく塵芥の中で眼を光らしている
幾人かの不遇なもののために
生と死との間に自由を与えているだろう
私もまたその間をさまようのだ
冷めたい凍った窓硝子に
顔を寄せ十二月の街を見おろす

大人とは何だろう

わたしの年齢は立派になった
背丈ものびきってしまった
怖ろしいことと
辛いこととは
すべての人々と同じように私にも配分された
でもわたしはわからない
大人とは一体なんだろうと
もし私の鼻が喜んでくれるなら
鬚をたててみたい
もし私の唇が許可してくれたら
全部を語らずにいつも控え目にしゃべりたい
わたしはそれが出来ない
つくり声や、相手とのかけひきや、威厳の道具を
鼻の下にたくわえておくことが
大人の世界に住む資格であったら
わたしは永久に大人の仲間に入れない
わたしは大人のくせに

大人の仲間に入ってキョトンとしている
勝手の分らないことが多いのだ、
思想の老熟などが
人生に価値あるものなら
わたしは明日にも腰をまげ
ごほんごほんと咳をしてみせる
一夜に老いてみせることも出来る
若い友達は
わたしをいつも仲間に迎えてくれる
だからわたしは
額に人工的なシワをつくっておれない
たるんだ眼玉や、たるんだ声で
わかい精神を語れない
大人とは一体なんだろう、
死ぬ間際まで私はそれが判らないでしまうだろう。

馬の胴体の中で考えていたい

おお私のふるさとの馬よ
お前の傍のゆりかごの中で
私は言葉を覚えた
すべての村民と同じだけの言葉を
村をでてきて、私は詩人になった
ところで言葉が、たくさん必要となった
人民の言い現わせない
言葉をたくさん、たくさん知って
人民の意志の代弁者たらんとした
のろのろとした戦車のような言葉から
すばらしい稲妻のような言葉まで
言葉の自由は私のものだ
誰の所有《もの》でもない
突然大泥棒奴に、
――静かにしろ

　声をたてるな――
と私は鼻先に短刀をつきつけられた、
かつてあのように強く語った私が
勇敢と力とを失って
しだいに、沈黙勝になろうとしている
私は生れながらの唖でなかったのを
むしろ不幸に思いだした
もう人間の姿も嫌になった
ふるさとの馬よ
お前の胴体の中で
じっと考えこんでいたくなったよ
『自由』というたった二語も
満足にしゃべらして貰えない位なら
凍った夜、
馬よ、お前のように
鼻から白い呼吸を吐きに
わたしは寒い郷里にかえりたくなったよ

おわりに

いまの世の中で率直に語ることは、小熊秀雄の時代の世の中で率直に語ることとどこか似た、あるいはいっそうの大切さがあるでしょう。

いまの世の中で詩文学を愛することは、小熊秀雄があの暗黒時代に詩文学を愛したことと似た、あるいはいっそうの大切さがあるでしょう。

小熊の詩は、当時好奇の眼差しで見られたりもしましたが、本当はずっと真情迫るものであり、時代のずっと先を行く眼をもっていました。私たちは現代においても、狭い見方を絶えず自己点検し、新しいものの積極性を大切にしたいものです。

小熊の詩と人生を振り返り、偲ぶことで、21世紀の詩文学と世の中の方向を探り、語っていきたいと思います。

＊　引用は『小熊秀雄詩集』（創風社）より。

＊　２０１１年５月14日・小熊秀雄賞市民実行委員会主催の同タイトル旭川講演をもとに執筆した『21世紀の詩想の港』収録版を、講演当日の口調に戻して再現し、さらに、「詩と思想」２０２１年７月号・小熊秀雄特集・対談での筆者発言から抜粋して挿入し加筆したもの。

21世紀に生きる今野大力の詩世界
～２０１０年・旭川講演～

はじめに

旭川の皆さん、また北海道各地の皆さん、こんにちは。最大級のご紹介をいただきましたけれど、そんなに立派な人間ではないのでリラックスして聞いて下さい。

「不屈のプロレタリア詩人・今野大力 没後75周年」ということですが、今までさまざまな方が今野大力の闘い、詩、心を後世に伝えようと努力されてきました。

文献史的な研究、闘いの研究などはいろいろ発表されていますので、今回はちょっと趣向を変えまして、今野大力の詩作品そのものの魅力を中心に、今の時代にもどう生きるのかという観点でお話をさせていただきます。

私は詩の朗読をいろいろやってきましたので、今野大力の詩をたくさん朗読させていただきます。耳でも感じていただいて、ご一緒に今野大力を偲ぼうではありませんか。

まずは、この旭川の常磐公園に、これもわたしが大好きな小熊秀雄の詩碑と呼応するように佇む今野大力の詩碑を見てみましょう。

詩「やるせなさ」より

詩人が時代の先駆をした
詩人が郷土を真実に生かした
そんな言葉が私の耳に流れては来ないかしら
そんな言葉が地球のどこかで語られる時
私のからだは墓場の火玉となって消えるだろう

これ、すごいですよね。私は長いこと、この詩は弾圧されて死ぬ直前に書いたのだと錯覚していました。はたちの時に書いた詩なのですね。はたちの頃から、こんなにも物事を見通すことが出来たのかと思いますね。

ちなみに、小熊秀雄の詩碑の方は、こうです。

小熊秀雄「無題（遺稿）」より

こゝに理想の煉瓦を積み
こゝに自由のせきを切り
こゝに生命の畦をつくる
つかれて寝汗掻くまでに
夢の中でも耕やさん

こちらは小熊が死ぬ直前の遺稿ですから、その燃えるような夢のありように、泣けてきます。

この二つの詩碑が示してくれるものは、ひとつは詩文学というものの素晴らしさ、もうひとつは、生きる者へのメッセージでしょう。

21世紀と今野大力

さて、今野大力の詩は21世紀、これからの世の中にどういう光を放っているのか、皆さんと見てみたいと思います。

四つに分けて指摘したいと思います。今まで今野大力の研究では、いわば「顕微鏡」のような研究は盛んに進められてきました。私もその研究に学びました。つまり今野大力がいつどんな詩を発表して、どのような関係者がいて、東京にいつ行って弾圧されたのは何月でと詳しく見る作業ですね。

私もそれらに学んだのですけれど、今度は少し突き放して「望遠鏡」で今野大力を見てみたいと思います。今野大力を知らない、社会運動とか全然知らないけれども詩に関心のある人に今の世の中で、大力の詩が「ぽん」とあったらどういう力があるのか、遠くの方から「望遠鏡」で少し見て行きたいと思います。

今野大力の詩の今日的魅力①　～ナイーブな心の抒情～

まず一つ目です。今野大力の詩は社会派でありながら、「心」、ハートですね、心を潤すナイーブな抒情性があります。私が今野大力に惹かれたのもそういう点です。私も大した人間じゃないし弱い人間です。抒情が無ければ生きていけません。何でも正しい方向に「すぱすぱ」と力強くスローガンのように生きていけるかというとそういう人間ではありません。そういう人間ではない私が今野大力の詩をおすすめする第一は抒情性です。作品を朗読します。

こころ

こころ　こころ
くるしいこころ
痛みては傷つくこころ
何人とものを語るも
何人に慰められても
扉ひらかずわがこころ

これで全文終わってしまうのですね。でも私は、これはいい詩だと思います。今の世の中を見て下さい。最近大阪で起きた事件で、お母さんが離婚して子ども二人を育てて、風俗で働いていて、孤独で心が荒れて、忙しすぎて、子ども二人をほったらかしにしてしまって、子どもが死んでしまいましたよね。これは氷山の一角で、心に何かを抱えている人がたくさん、若い人を中心にいますし、また福祉制度が悪化しているから高齢者の方も含めてたくさんの苦しむ人々が今の日本に住んでいます。自分の心を他の人に伝えて一緒に何かをやって行こうという世の中ではなくなってきているのですよね。そういった下で、今、もし心を閉ざしているひきこもり気味の人がこの詩を読んだら、どう思うでしょうか。「ああ、自分の気持ちじゃないか！」と思うのではないでしょうか。〈何人とものを語るも／何人に慰められても／扉ひらかずわがこころ〉。これは心を病んだ人だけでなく、誰でもどこかでぶつかることかもしれません。今野大力の詩にはこういった魅力があります。

次に「泣きながら眠った子」を読みます。

泣きながら眠った子

何て騒々しい声だろう
この場合の人間の泣声は決して同情に価しない
あれはちいちゃい四つの女の子の泣声だが可愛そうにも考えられない
ただうるさい
騒々しい
泣かないでくれればいい
もう沢山だ

心の中でいくら
願ってみたって何もならぬ
子供は少し熱があって
からだがだるくって
消化不良のせいもあるし
気分が悪いんだ、
どれを見てもきいてもいまいましいのだ
よっぽどよっぽど
気分が変らない限り
泣くより外に仕様も見つからないのだ、
泣くのはうるさい
だがそれは子供がからだの工合を
悪くしているから訴えるのだ、
からだをなおしてやらずに
どなったってしようあるか

ああとうとうねちゃった、
泣きつかれて
転んで泣いたまんま
古畳の上で
何にも敷かずに、何にも着ずに、
だだをこねながらねむっちまった、

前半は親の疲れている気持ちが正直に出ていると思います。日々忙しくって子どもが泣いていると「うるさい」と思ってしまう。だけれども途中から変化して子どもの側に視点が移って行った時に本当にしみじみと、お父さんの気持ちが出た優しい詩です。しかも私たちは今野大力の略歴を知っていますから、今野大力が愛する人と結ばれて東京で一生懸命プロレタリア文学の雑誌の編集をしていて、そして、子どもがめでたく生まれるのですけれども貧しくって弾圧もあって暮らしは苦しいのです。そんな時、子供が泣いている、薬も買ってやれない、そういう気持ちがすごく出ていると知っていますから、なおさらいい詩と思います。でも、そんなことを知らない人が読んでも、忙しい親の子どもに対する気持ちがよく出ていて普遍的な良さがあるのではないか。この詩は、私が特に好きな詩です。

私は最近まで大阪で小さな学習塾の教室長をやっていたのですね。学校登校拒否の子どもなんかもみていましたから、どうしても子どもに目が向くのですが、もう一篇、子どもの詩を読んでみたいと思います。

幼な子チビコ

チビコは今年三つになりました、
チビコのお父さんは肺病でねています、
チビコのお母さんは又稼ぎに行くと言っています、
稼がなければ食べられないから
チビコはある晩ばあちゃんに抱かれてねながら
「メメが痛いメメが痛い」とパッチリ目あけたまま
泣いて泣いて眠りませんでした、
そして翌日、ゲッゲッと食べ物を吐き出しました、
メメは目ではなく腹のようでした、
「チビコお父っちゃんあるかい」
「ある」

「チビコのお母ちゃんバカだね」
「かあちゃんバカないバカない」
チビコは熱心に言いました、
チビコは親の手でだけ育ってはいないのです、
父ちゃんはもう一年も前から遠い施療病院の病床にねたきり
母ちゃんは稼ぎに出かけて留守、
チビコはばあちゃんのふところに入ってねるばかり

チビコは靴を買ってもらいました
母ちゃんが稼いで買ってくれたのです、
チビコはまだ淋しい事を知りません
チビコはひとり遊んでいます、

父ちゃんは肺病、
母ちゃんは稼ぎ、
ひとりで遊んでるチビコは風邪を引きやすい子です

泣かせる詩だと思います。おそらく、これも大力自身の子のことを書いたのではないでしょうか。自分が死ぬかもしれないという時に、子どものことをわざわざこうやって詩作品に残す。ここがすごいところだと思います。同じような気持ちを持っている方は今もいると思うのですけれども、それをきちんと文字にして詩作品として残すことで、後世の私たちを胸が温かくなるような切なくなるような気持ちにさせてくれる、ここが今野大力の詩人たる所以ではないでしょうか。

今、述べましたのは抒情という観点です。今は心の闇の時代。自殺者が年間三万人以上います。ネットカフェ、今、私は東京に住んでいますから特にわかりますけれどネットカフェなどで黙々と誰とも交渉しない、どこで日々暮らしていいのかわからない若い人はそこで暮らすしかありません。幸い、ネットカフェは料金が安いですから千円、二千円で一日中、カップ麺などを食べながらずっとそこにいるのですが、全く会話が無い。心が闇に閉ざされちゃってどう生きようかわからない。そういった時代に今野大力の詩は心を潤してくれるのではないでしょうか。

もう一篇読みます。「ヌタプカムシペ山脈の畔り」という作品です。これは「ヌタプカウシペ」というのが大雪山のアイヌ語名かと思うのですけれど何故か大力は「カムシペ」と書いています。これは方言なのか日頃からこの辺ではそう言っていたのかはわかりませんが、大雪山のことですね。

ヌタプカムシペ山脈の畔り

色づく木々の丘の上の林へ
今日一日私は出かけた
めずらしい晴天である
葡萄の葉と楡と、楢と栓とそれらみんな色づいて来た
最早すべて葉を落としたものもある
つたをたぐって丘に登る時
私は愉快である
登って見下せば又愉快である
みごもった稲田を広い平野の端から端へ
見てゆくのも愉快である
いろんな野菜の収穫の終った畑も
今は黍と芋蔓がしょんぼりと残っているのみで、
麓の清い澄んだ流れは紅い木の葉を浮かべて流れている
木の葉を蹴って狭い山路をゆけば

どんぐりがころころといくつもいくつも転んで行く
ある処は焚火の跡もあり
弁当を食べた空箱もある
私は見晴しのいい処を探ねて行った
そして帰りは
タバコの空箱を拾って
どん栗を入れて
弟と妹のお土産とした。

ちょっと日記調の詩で、ひょっとしたら現代詩の偉い人が見たら「こんなのは詩ではない！」とか狭い見方をするかもしれませんが私はそうは思いません。単純に書いているようで、まずタイトルの「ヌタプカムシペ山脈」、戦前の暗黒の大日本帝国に暮らす若い詩人がアイヌ語の呼び名で詩を書いていること、これだけでもひとつの発見です。しかも、そこをこの人は愛していて、何だかわからないけれど気分が良くって大雪山の辺りの自然が好きでどんぐりを入れて弟と妹のお土産にするのですよね。これこそ詩の心ではないでしょうか。私は現代詩のただ中に、この詩を出してもちっとも恥ずかしくないと思っています。

今野大力の詩の今日的魅力②　～国際的な連帯の眼～

二つ目の特長です。今野大力の詩は国際的な連帯の眼を詩の中に持っていた先駆性があると思います。人の苦しみや悲しみを国境を越えて民族を超えて感じる知性。テレビも情報もない時代にアジア全体の中で誰が悪さをしているのか、一体向こうの民衆と自分たちの暮らしはどんな関係にあるのか、そういったことを鋭く見抜いていた国際的な詩人だと思います。ご存知のように、当時日本は軍国主義で偏狭なナショナリズムを煽っていました。満州事変が始まってどんどん中国を侵略していく。一方では、もっと前から韓国の人達を言葉まで奪って植民地化していました。これは誰も否定できない事実です。そんなのは無かったとか韓国の人が求めたんだとか、今そう言う人が一部に出ていて、それを教科書にも書こうとしていますがとんでもないことです。私は韓国が好きで何回もひとり旅をしましたが韓国の人は日本人に「反日感情」など持っていません。ただ、相手が認識が不誠実で歴史の真実を見ていないとわかると、正当に主張してきます。全然「反日」的ではありません。あたりまえのことです。私はそんな現代に、今野大力があの当時すでに日本の政府が企んでいた侵略戦争の本質を見抜いていた、そういう人がいたという、そのことを強調したいと思います。韓国の人達にも伝えたいですよね。
今野大力の最高傑作とも言われている作品を朗読します。

凍土を噛む

土に噛りついても故国は遠い
負いつ　負われつ
おれもおまえも負傷した兵士
おまえが先か
おれが先か
おれもおまえも知らない
おれたちの故国へ帰ろう
おれたちは同じ仲間のものだ
お前を助けるのは俺
俺を助けるのはお前だ
おれたちは故国へ帰ろう
この北満の凍土の上に

おれとお前の血は流れて凍る
おお赤い血
真紅のおれたちの血の氷柱《つらら》
おれたちは千里のこなたに凍土を噛む
故国はおれたちをバンザイと見送りはしたが
ほんとうに喜んで見送った奴は
俺達の仲間ではない
おれたちは屠殺場へ送られてきた
馬
豚
牛だ！
いつ殺されるかも知らない
おれたちは今殺されかけている

おれたちは故国へ帰ろう
土に噛りついても故国は遠い
だがおれたちは故国へ帰ろう

戦争とはこういうものだ
戦地でおれたち仲間がどうして殺されたか
あんな罪もない者を
殺すのがどんなに嫌でも
何故殺せと命ずるのか
殺す相手も
殺される相手も
同じ労働者の仲間
おれたちにはいま仲間を殺す理由はない
この戦争をやめろ

兵士は故国へ
おれたちの仲間
中国の仲間
そしてソヴェート・ロシアの仲間の
共同の戦線こそ勝利を固めよ

おお　おれたちは今銃創の苦るしさに凍土を噛み
傷口から垂れた血の氷柱を砕きつつ
故国の仲間に呼びかけたい
おれたちは故国へ帰ろう
お前もおれもがんばろう

すごいですよね。あの時代にこの詩を書いているんですよね。これぞリアリズムと言いますか、想像リアリズムと言いますか。旭川の皆さん、アジアの人達に今野大力のこの詩をプレゼントしてはどうでしょうか。ソ連は残念ながら今野大力が信じていた当時から裏切っていて社会主義じゃない道にスターリン時代から行っていた訳ですから、それを考えると今野大力が可愛そうになって来るのですけれども、それでも労働者はどの国の労働者も仲間だ、戦争はやめろ、というこの心は生きています。

それから、先ほどアイヌのことを「ヌタプカムシペ山脈の畔り」のところで少しお話しましたが、大力は宮城の血を継いでいますが基本的に旭川の人ですからアイヌの人と文化に接しているのですね。特にアイヌの詩をたくさん書こうとかそういう感じの人ではないですが、和人とアイヌとの歴史を認識していることが感じられます。ちょっと読みます。

郷土

1

草深い放牧地よ　北海の高原に群がれる人々を養える郷土よ　北海道よ　未開地よ
ここには名もなき小花も咲くであろう
未だ人手に触れない谷間の姫百合も咲くであろう
春ともなれば黄金の福寿草も咲くであろう
かくてアイヌ古典の物語も思い出されるであろう

2

おお郷土の人々よ
昔は　卿等が渡道の頃は　何処にも熊は住んでいた
時として卿等よ　憶い起こしてはならない
あの殺伐な熊狩のあたりのことを
又若き人々よ
あまりに華やかさを粧うてはならない
卿等の親達は　あの幾千年以前から住みなれた故郷を捨てて　一意に　荒野の生活に
　憧憬れて来たのだから

ここでは凡てが自然の素朴であらねばならない
煤びたセピア色もて彩られた家は
最も卿等の住家であらねばならない

おお郷土の人々よ
卿等は自然の人である
卿等は自然の法による
敢えて立法博士を要しない
自然は最も自由な　さて正確な立法者である
土に生れて　土に還る　それは真に意義ある生命の時である　卿等のかばねは卿等のけものは　卿等の小花は

ああ　自然の不滅にあらぬものは　すべて朽ち果てて
豊沃なる土となる
かくて永遼に還りゆく……

3

日本否世界の　神秘派の　古典派の人々よ

此処には珍しいものがある
木の皮の織物　余韻の歌謡　雑木の彫刻　それら皆露《あら》わなままに　虐げられたアイヌ人種の生み成せる　まことに尊い芸術である
我等はシャモは　これ等見なれて尚飽くなきものの為には　あらゆる讃美の言葉を惜しまない。

4

ああ　オオツク海よ　太平祥よ
氷山流れて港をうずむる　融雪のころ
白熊《はくゆう》のうそぶく千島の彼方は　アラスカの洲　北極の圏　永遠の冬
我等の郷土はここにある。

北海道にお住まいの方は、北海道を愛するとか旭川を愛するとか、そんなわざとらしいことを考える機会もないかもしれませんが、おそらく少なくない方々が愛していらっしゃると思います。そういった方々にも響くであろうアイヌを賛美した詩でした。

国際的な眼ということを考えると今野大力はコミュニストになりましたけれども、世界の平和はいろいろな違った思想の人達が手をつなぐことによって実現します。思想が違うから敵だとか、宗教が違うから交流しないとか、そういう偏狭な考えは時代遅れですよね。

大力にはキリスト教に憧れていた時代があります。教会の辺りをうろうろして、若い頃の詩にはキリスト教のようなところがあってそこもまた魅力になっています。そんな詩を一篇読みます。

聖堂の近くを過ぐる

ポプラの梢の空高く大空を指さして
厳かな聖《きよ》き自然の力を表わす
幹はだの荒くれた並木の下に
ヘブライ文化の主流である
キリスト教の教会堂が建っている
私は毎日その近くを過ぎる
そして神秘な古典の物語りを思い出し、ありし昔《かみ》の日の幾多重ねた争闘の人間に与えし
　歴史を憶う……
人間と言う極まりない霊魂の所有者はかくして永遠に
血を浴びて闘わねばならないか
宇宙の覆滅

人類の滅亡
ああその日まで
どんな歴史を作るであろう
今朝公会堂の前にはこすばかり《(ママ)》
疲れしけものの野心なき眠りの如くに
ほんのりと軟かな雪が積もっていた
そして未だ誰も蹴散らしたものもなく
純白なよどみのない曲線を持ったそれこそここにはふさわしい聖らかな美しさがあった

実は私自身も若いころキリスト者になろうとした時代がありました。湾岸戦争でアラブの人達に共感してイスラム教を学んだこともあります。それから仏教にも興味を持って京都に移り住んで寺巡りをして各宗派の違いとか研究した時代もあります。国家神道は大嫌いですけれども原始神道のあり方、家族の幸せを願ったり、みんなの幸せを願ったり、お金持ちになりますように、など素朴にお祈りする、あの絵馬が好きです。ですから神社も好きです。これらを統一した新宗教を自分で作ろうと思った時代もありましたけれども、やめました。結局、私は無宗教・無神論です。しかしそういう経歴の人間ですから特に言いたいんですけれども、これじゃなければ駄目だとか、それはだめだと、それぞれの宗教がそのように考えている限り世界は上手く行きませんよね。今野大力は宗教研究者ではありませんし、コミュニストとして立派に生きた人ですけれど、このような詩があるということはなかなか面白いのではないかと思います。

今野大力の詩の今日的魅力③　～働く人の立場で闘う眼～

さて、21世紀に生きる今野大力の詩の特長の三つ目に入ります。働く人の立場です。働く人を虐げるシステム、その権力に立ち向かっていったということです。行動したということです。これはなかなか出来ることではありません。もちろん、誤解の無いように言っておきますが、詩の世界は詩をしっかりと書くことが仕事です。私は現代詩の世界でいろいろな方々とけっこう奥の方まで入って行って交流していますけれども、たとえば政治ビラを配らなきゃあ詩人じゃないというような観点ではありませんので、あくまでも誤解のないように言っておきますが、しかし、あの時代、行動もする詩人、本当に憧れるすごい人だと思います。今、大変な経済状況です。私は特にひしひしとそれを強く感じている世代かもしれません。

私が大学を出たのは１９９０年代の最初ですからちょうどバブルが崩壊しました。そして、湾岸戦争があってテレビではアメリカ万歳でテーマ曲が流れていて自衛隊もペルシア湾へ行った、そういう過ちの時代でした。そして、大企業の首切りが盛んになって、「もう保守と革新の対立は無くなった！」などと言われるともう圧倒されてしまってね。「何もするな」とか、「そんなことを言うと就職できない」などと言われる、そんな時代に育ちました。今、旭川の商店街も大変ですよね。毎年来るからわかるのですけれど、毎年元気がなくなって、でも旭川文学資料館の方とか草の根文化界の方々と会うとなんだか元気になってくる。市民の地道な文化は盛んだけれども経済はボロボロみたいな……。東京もそうですけれど深刻ですよね。また私は最近まで大阪に住んでいましたけれど、安い所を見つけて住んでいました。朝アパートの窓を開けて下を見るとホームレスが、私が捨てたゴミを開けて中をあさっているのですよね。だけど文句を言う気になれないのですよ。いたる所にブルーテント・ホームレスがいます。いったいどうなるのでしょうか。こういった時代に小林多喜二の『蟹工船』が再ブームになりました。あれも驚きましたね。励まされたと言うか。またヨーロッパではマルクスがブームになっていますね。

私はあくまで詩が好きなのですけれど、別の顔もあって若いころマルクスに熱中して、今も好きですけど『資本論』を日本語で三回、フランス語版で一回読んだことが私の自慢です。その『資本論』を今野大力も読んでいたらしい。先ほどもどなたかがお話していましたが、マルクスの本が恋のきっかけになったというエピソードはすごいですね。そういう今野大力のまっすぐに闘い、働く者の立場に立って物を言い、それを貫いたという生きざまは現代に生きるのではないでしょうか。

「農奴の要求」という作品を読みます。

農奴の要求

雪に埋もれ
吹雪に殴られ
山脈の此方に
俺達の部落がある

俺達は侯爵農場の小作人
俺達は真実の水呑百姓
俺達の生活は農奴だ！

俺達はその日

隊伍を組んで
堅雪《かたゆき》を渡り
氷橋《こおりばし》を蹴って
農場事務所を取巻いた

俺達はその日の出来事を知っている
その日俺達の歩哨は喇叭《らっぱ》を吹いた
喇叭の合図で
俺達はみんな
見分《りんぶん》の家につんばり棒をおっかって
家を出た
俺達の申し合せは不在同盟！

俺達は侯爵の秘密を知り
俺達は侯爵の栄華を知り
俺達は現在《いま》の資本主義《ブルジョア》社会の悪を知っている
俺達を思想悪化と誰がいう

俺達は飽くまで年貢米不納同盟
そしてその日は執達吏に対する不在同盟！

俺達は集合した
炊出しに元気をつけて
隊伍を組み
堅雪を渡り
氷橋を蹴って
農場事務所へ押しかけた

俺達は要求する
強制執行を解除しろ！
俺達は何にも差押えられてはならない
俺達は黒ずみうずくまる山脈の麓に要求する
　飢えたるものに食糧を！
百姓には土地を！

シンプルな詩です。闘いの詩ですよね。こういったものを取材して書く力も今野大力にはありました。自分の体験した悔しさをぶちまける詩だけでなく、他者の、そこで生きている人の立場に立って事件を取材して書くという作品もあって優れています。
「私の母」という作品を読みます。

私の母

そこにこうかつな野郎がいる
そこにあいつの縄工場がある
縄工場で私の母は働いていた

私の母はその工場で
十三年　漆黒《くろう》い髪を真白にし
真赤な血潮を枯らしちまった
私の母はそれでも子供を生んだ

私達の兄弟は肉付が悪くって蒼白い

私達は神経質でよく喧嘩をした
私達は小心者でよく睦《むつ》み合った
私達の兄弟は痩せこけた母を中心に鬼ごっこをした
母は私達を決して追わない
母はいつでもぴったりと押えられた
私達は結局母の枯れ木のようにごそごそした手で押えられることを志願した
私達はよく母の手をしゃぶった
それは馬の胴引皮《どうびきがわ》のようだった
私達はよく自分達の手をしゃぶった
それはいつでも泥臭い砂糖玉の味がした

日本ではやっきに戦争を準備し
至る処で暴動が起こり
多数の共産主義者が捕えられた
しかし母はいつでも知らずに過ぎた
私達の母は文字を知らず　新しい言葉を知らない
私達の母は新聞の読み方を知らなかった

ただその母は子供を生む方法を知り　稼いで働いて愛して育てることを知った
私達は神の神聖を知らぬように母の神聖を知らない
私達は母のふところから離れ
母は婆さんになった
母は遂に共産主義の社会を知らない
母はやがて墓土に埋もれよう
だがその母の最後まで充たされなかった希望は
今、私の胸に波打ち返している

何のために闘うのかと言ったら自分達の暮らしが楽になるために、そこから始まるのですよね、当たり前のことですけれど。そういった働く人達の立場を弾圧しようとする側はいろいろと理屈をつけますよね。レッテルを貼ったり、何々主義がどうのこうのと、「偏向イデオロギー」だと言ったり。でもこの詩にも出てくるように、自分の愛するお母さんがずっと働いていて自分達のために頑張ってくれているのに、何の幸せも無いみたいで、何か申し訳なくって、ありがとう！　という、工場で働いている女性を息子の気持ちで書く、この気持ちが、やっぱり社会を変えようという要求の原点ではないでしょうか。本当にこの詩には説得力があると思います。今野大力はすごく優しい人です。そこが私もぐっと共感する所です。闘いの中に優しさがある。優しい人だからこそ闘える。それは観念から出発しているのではなく、本当に何で私達はこんなに貧しいのか、ロマン・ロランの小説を読みたければみんなが読めるような世の中になれば良いのに、何故、自分はふたつ仕事を掛け持ちしなければ読めないのか、何で弟達、妹達がこんなボロボロな服を着ているのか。私も今、安物の服を着ていますが、私も皆さんも、今野大力ほどの貧困状態ではありません。けれども日本の国家予算全体からいうと非常に私達は慎ましすぎるくらいの暮らしをしているのではないでしょうか。もっと働く人達の立場を前面に出して日本人も言うべきなのではないでしょうか。なかなか難しい世の中ですけれども、今野大力のこういった詩を読むと、何か闘う気持ちがぐっと燃えあがってくるような気持ちがします。

そんな今野大力ですが、ご存知のように弾圧されました。最初の病院がひどい所で人体実験のようにされて中耳炎が悪化して、結局死んでしまうのですけれど、そんな今野大力の闘う姿勢、死んでしまう悔しさ、そういったことがあらわれている詩をちょっと読んでみたいと思います。

胸に手を当てて

かつて私は

悪事をやった立場に立たされた時
こう憎々しげに吐きつけられたものだ、
「胸に手を当てて、よっく考えて見ろ！」

私は今、胸に手を当てて
静かに激しく想っている。
私は悪事をやった為だろうか。

いや、私は悪事をやったのではない
悪事は彼等がやったのだ。
彼等は悪事を犯していながら
私をつかまえて手足を縛しておいて
「お前は悪人だ、
　お前等は悪事の張本人だ」
そう頭から、権威をもってどやしたのだ
その時何故、私は言わなかったのだ、
「いや断じてちがう、悪人は手前達だ、その背骨をいまに叩き折ってやる！」と

私は今胸を病んでいる
胸を病んでいる私は胸に手をおいて
胸の中に、鼓動しているかすかな響きをかぞえる
この響きは次第に私の内臓が細菌にむしばまれてゆく、そのかなしい音楽なのだ、
こんな音楽を誰が私の胸にかなでるのか、
かなでるのは私の弱った肉体なのだが、
こんな弱いからだにさせて
あけても、くれても天井ばかりを見つめさせ
私の老母を　もう米が一粒もなくなったと言って泣かせたり
私の弟に魂のない人間となって働いてもらわねばならないのは、
「胸に手をあてて考えてみろ」と言った
あいつらのためなのだ、私はあいつ等を憎悪する
「あいつこそ悪人ではないか！　仮面のあいつこそが」

彼が最期に絞り出した、死の直前の作品ですが、「あいつ」と言うのは個人的憎悪の対象ではないと思います。誰かひとりというのではなく、今野大力や小林多喜二をはじめと

する働く者の立場に立って、また「戦争はやめろ」とアジアの人達の立場に立って当たり前のことを普通に民主主義的に言った、今なら当たり前のことを言った人を殴る、蹴る、死なせた、国家権力全体に対してではないでしょうか。

こういった詩を読む時、今野大力という人、私は冷静に注目してしまうのですが、こういう立場にいながらそれを詩に書いているでしょう、ここがすごいのですよ。書いていなかったら残らないですよね。文学の素晴らしさはそこだと思うのです。彼が苦労して悲惨な目に遭いながら、その気持ちをこうやって死の直前にほかでもない詩という形にして書いたということです。

今野大力の詩の今日的魅力④　～表現の輝き～

四つ目の特長ですが、今、現代詩の中で詩作品として見ても今野大力の表現は独自に光っているという、多分これまではあまり光が当てられなかった側面です。今日お越しの方の中にはいわゆる「文学好き」、今野大力に限らず文学そのものが好きと思う方もいらっしゃると思います。そのような方々には特に聞いていただきたい特長です。

それで、この四つ目の表現手法の特長をさらに四つに分けます。
一つ目はユーモアです。「泣きたくなって」という短い詩があります。

泣きたくなって

泣きたくなって
片手で顔面《かお》を包んで見る
顔面には窪んだ眼があり
顔面には小高い鼻がある
こすった顔面がのっぺらぼうであるならば
どんなに思うさま泣かれたろうに
私にはああ
眼がある　鼻がある
私はちっとも泣かれなかった。

これで終わってしまうのですね。何なのかと思うのですけれども何かニヤリとしてしまう。青年がですね、鏡を見て自分の顔について分析しているのですね。ナルシストかと言われてしまうかもしれませんが、顔のことをいろいろ悩んでいる青年が自分の顔を触ってみて、「ああ、眼がある、鼻がある」とひとりで感動して書いているのですけれども、皆さん、詩文学と言うものの面白さはここにもあります。「じゃあ何を主張したいのか」ということだけが詩ではありません。「くすっ」と笑う面白さ、また何だかわからないけれども青年が自分の顔を触っていくことで、これから生きようと元気になっている。「実存の確認」なんて言ったら大げさかもしれませんが、確かに自分が存在の凹凸を生きているという実感かもしれません。それをとぼけたように書いている。こういったユーモアを今野大力は持っていました。

もっと短い詩、ユーモアという点で「羅漢寺」という四行の詩があります。

羅漢寺

羅漢寺の羅漢に盗癖ありて
ともれるろうそくの涙を啜り
金財袋の紐をほどき
赤さびた銅貨を奪う。

これだけなんですね。皆さんの中には五百羅漢を見られたことがある方も多いと思うのですが、あの中をまわっていると不思議な気分になってきますよね、みんな見られているような、生きているような。その羅漢がろうそくを持って涙を啜って、お金を密かに盗っている、お賽銭か何かよくわかりませんが盗っている、それが見えるっていうんですよね、これだけなのです。ただこれだけのことを四行の詩にする。今野大力は本当はすごい技術を潜在的に持っていた人ではないかと私は思います。

表現の輝きの二つ目はスリリングな批評性です。これは小熊秀雄ともうひとりと三人で意気込んで始めた同人誌に発表した詩で、「狂人と鏡」。

狂人と鏡

友よ
わが一人の愚かなる人間の為めに
秘かに鏡を用意して呉れ給い（ママ）

そこに一人の狂人がいる
彼は真紅の夢を胎むことによって
恋をする愚かな狂おしい男である
彼の室は赤
壁の地図も赤
彼の思想も赤
赤
赤
赤
　点々　点々　ベタベタ匂いが
赤色の中に芽ぐむ一人の生
友よ
彼は横臥することを好む
今こそ
彼に鏡を与えよ
おお　そして
見ろ！

彼の狂態が初まるのだ！
殺せ！
（殺さねばこそ！）
狂人　狂態　絶叫
悔やせぬ
悔やせぬ
吾々は狂人の舞踏を拍手して迎えるばかりだ！

何か危ない綱渡りのような詩ですね。紙の上では何でも書けます。詩文学と言うものはどんどん豊かになっていくべきで、何かひとつの固まった詩だけが良い詩ではないというのが私の考え方ですが、この詩には兄貴分的な小熊秀雄のにおいがちょっとするので、ダンディな小熊秀雄から吸収したものを彼なりに消化して少し背伸びをして書いたのでしょう。狂人のことを書いてあって「殺せ！」なんて言うと本当に殺人かと思うのですが、そうじゃなくって最後の一行にどんでん返しをして「吾々は狂人の舞踏を拍手して迎えるばかりだ！」で終わるのですね。赤色思想を狂人扱いする向きへの反逆のニュアンスもありますが、何かわからないけれども命がすごく燃えていて爆発しそうで、生きている情熱ですよね。爆発したいという精神。そして踊り狂うことを賛美するという激しい詩なのですけれども、この詩は詩句の緊張感が実に優れているなと思います。

表現の輝きの三つ目は、今野大力の詩が近代詩と現代詩をまたぐ貴重な位置にいるという点です。大力の詩には、わりと近代詩的な調子の言葉使いや文語が混ざっていたり、石川啄木調の嘆きが入っていたり、そういった近代詩的な側面と、先ほど内容上言ったように、その時代のまさに最先端の状況、世界状況、社会状況を厳しく書くという現代詩的なところと、両方あって、それらをまたいでいるのですね。近代詩的なものと現代詩的なものをまたいで表現している。そこがすごく面白いなと思います。

函館に立待岬がありますが、美しいところで、石川啄木のお墓がありますね。啄木も当時の世の中のしくみに対して「ノー！」と言った鋭さを持った人でしたが、その啄木に大力が憧れるようにして立待岬に行った時の詩を読みます。

立待岬にいたりて

露西亜の船の沈んだ片身に残したと聞く石を抱いて
われは又ある日のざんげをするか

函館山は高く
要塞地として秘密を冠る
おごそかな
壮大なる岩礁の牢たる屹立は
東方に面して
何をひそかに語りつつあるか
黒鳥のあまた　岩に群がり
波に浮び　魚を捕う
かつてここら立待岬のアイヌ達は
魚群の来《きた》るを銛《もり》を携えて立ち待てりと伝う
東海の波濤のすさまじく寄せ打つ処
崖上の草地にマントを着たる四五人の少女等
寝そべりてハーモニカを吹き、微かに歌をうたう
蟹とたわむれ　充たし得ぬ薄幸詩人の最后の願いは
この函館の地に死ぬことを願いしと碑銘に物語る
その碑は今この岬へ行く山腹の途辺《みちべ》にあり
我をしも死地の願いを言わば

この地に久遠《くおん》のあこがれを抱くであろう

立待岬に行って詩を志し、詩を書いている若い青年が先達詩人の石川啄木やアイヌに想いを馳せるのですね。崖の上に不思議なマントを着た少女四五人がいてハーモニカを吹いて歌を歌っているというのは幻想的な鮮明さがありますが、言葉も文語調と口語調が混ざっているのですけれど、私はこういう詩を現代詩の世界が削ってきてしまったのではないかという批判的観点から、こういう詩こそ残さなければならないと思うのです。

戦後詩は激しくなり過ぎてしまって、皆さんの中で詩の世界にあまり縁のない方も現代詩と名乗っているものはちっとも面白くないと思われている方も多いと思います。これは本当はもともと良いきっかけから起きたことでした。戦争批判です。戦前の有名詩人達が侵略戦争に加担してしまった反省点から、「とにかく厳しくなくちゃならない。主観が入っちゃいけない。」それはある意味良い面があったのです。社会のことなどいろいろな思想の詩人が戦後競ってドライな詩を書いていった。それはそれで素晴らしい成果があったのです。

しかし、そこには見落とされていることがあります。それは、戦争と結びつけて古典文学や抒情そのものを敵視することには根拠が浅く、近代詩や抒情詩自体がいけないのではないということです。

尹東柱《ユン・ドンジュ》というすぐれた詩人、韓国の人ですが日本で勉強して多くの抒情詩を書いた人です。戦時中に日本に逮捕されて獄中で死んでしまった人です。韓国では英雄扱いされていますけれど、その尹東柱の詩の言葉はとても優しくて、それこそ今野大力のような素朴な詩なのです。抒情なのです。抒情なんか書くのは認識が甘い保守派だとか、そういった風潮がありましたが、実は日本の軍国主義が弾圧したのは本当の優しい抒情詩であったという事実があるのです。

短絡的なものの見方ではこれからの文化は駄目だと思います。良いものは良い、そう言えるような詩の世界にしたいものです。私は現代詩のただ中にいる者ですが、その目からも「立待岬にいたりて」のような詩は良いなと思います。

表現の輝きの最後の四つ目ですけれども、ヒトを地球生命動物界の中でとらえる先駆性をもった詩があるという点です。

日本は戦前、男子しか選挙権がありませんでしたし、女性は「生む」機械のように差別されていて、軟らかいものが日本文化の中で置き去りにされてきましたよね。でも、軍国主義や戦後のいわゆるモーレツ「成長」神話からの反省で、勇ましいことが世の中を先に進めるのではなくって、心と心、人が互いに思いやって生きるような、そういったものがこれからの社会進歩に繋がると私は考えています。そういう意味での究極の分野、動物や子どもをどう考えているのか、という点では当時は時代の限界が顕著だった人達が多いと思うのです。たとえば「犬のような権力」なんてステレオタイプな発想ですね、犬がかわいそうですよね、ヒトの方がよっぽどひどいことをしているのに。大力は違うんですね。子どもに優しいことは先ほど見ましたが、彼はヒトを大自然の中の動物の一種とも見ていたのですね。

「けものの子」という作品があります。それを読みます。

けものの子

汝われはけものの子ぞ
毛ある人間に吾はそだちつ
人間なれば無毛に見ゆれど
わが手足の薄毛は伸びつ
青葉の汁を啜らねば
手足は冷たくなるに
鳥を射て　鳥を喰い
けものをころして　肉をむさぶる

草を刈り実をとりては塩にひたし
草木の実を砕きあるいはなめずる
汝われはけものの子ぞ
人間の子にはあれども
人の子といいて　何のほまれぞ
けものの子生れて
けものの群れに育ちゆく
汝われはけものの子ぞ

戦前の詩人でこういう観点を持っているのは、新鮮で先駆的だと思います。大力はアイヌの世界観に近いものをどこかで吸収しているのだと思いますが、大地に生まれて、そこではいつくばって、動物界の中でヒトも生きているのですよね。人間ホモサピエンスを地球生命の原初的な感覚で捉えているのではないかと思います。

おわりに

以上が今野大力の詩の21世紀に生きる先駆性ですが、今を生きる私達ひとりひとりに宛てているような励ましの詩を読みたいと思います。

期待

見たまえ
君のからだが動いている
君の瞳は生きた黒さんごのように光っている
君は言いたいことがあれば言える
動きたいと思えば動ける
君は意志の前に努力の出来る人間である
確かに人間である
そして
君は考えることも出来た
貧しい君達よ君らは何か考えていることはないか
考えていることがあるなら
君達は何か仕出かすだろうことを私は信じている

〈仕出かす〉というのは当時、自分達の暮らしを良くするために行動しよう、アジアの人達にも生活があって働く者は一緒に生きて闘おう、そんな気持ちで人々に訴えかけた言葉でしょう。今、大変な世の中に生きている私達に直接響いてくるものがあるのではないでしょうか。ひとりひとり、矛盾を抱えながら自分なりに前進しようと頑張って生きている現代人に、生きてあることそのものの光を気づかせてくれる、そんな言葉です。

私は今野大力に言いたいと思います。

〈けれども敗北か、勝利か／私には何の信号もない〉と詩「やるせなさ」の中で書いている今野大力さん、あなたの主張したことは、戦後はっきりと正しかったとわかりました。勿論、あなたが本当に望んでいるような、みんなが平等で、優しく詩や歌を楽しめるような社会はまだ来ていません。日本とアジアはまた険悪になっているふしもあります。でも、戦前あなたが拷問されて苦しんでまでも貫いたこと、それは立派に戦後に生きて、ちゃんと日本国憲法の中の基本的人権に生かされ、平和九条にも書かれています。だから私ははっきりと、今野大力の苦闘は勝利だったと言いたいのです。

「九条の会・詩人の輪」は千名を超えています。２００４年に結成されて、私も呼びかけ人26名のひとりなのですが、高齢の呼びかけ人や参加詩人がひとりまたひとりと亡くなって、これからどうなるのか不安もあります。そんな時に今野大力の詩を読むと、ああ、彼も不安だったんだな、がんばろう、と励まされます。

今日は高い所から偉そうに話をさせていただきましたが、旭川の皆さんの素晴らしい研究活動や草の根事業のお力に少しでもなれたなら幸いです。これからも皆さんとごいっしょに努力して行くつもりです。

今日は、皆さん、ありがとうございました。

＊　引用は『今野大力作品集』（新日本出版社）及び「詩人会議」２０００年6月号「今野大力未発表作品特集」より。

＊　２０１０年11月13日・旭川市ときわ市民ホール「今野大力没後75周年のつどい」にての同タイトル講演を再現した『21世紀の詩想の港』収録版を再編集したもの。

Ⅲ

海風の森ですべてが詩を生きている

海と森の詩想
～２０１６年・ＦＭ湘南ナパサ「森の波音」及び２０１７年・横浜講演「物語ることの海と森」より編集～

ゴマフアザラシの海

２０００年。その頃、ぼくは人生上のさまざまな問題に直面していました。いったんもう、横浜や東京からうんと遠いところへ移り住みたくなって、20代から30代に入り、見知らぬ土地・京都で食いつなぎながら独り生きていましたが、４年間暮らした京都の桂川をはじめとする自然風景や、歴史にもまれた文化的な町並みの中で、カエルの鳴き声やシラサギ、アオサギ、ゴイサギの佇み飛翔する姿、寒い夜に凍えながらすり寄ってくる野良猫たちの、生きる姿に癒やされていました。

そんななかで、京都府北部の舞鶴港から格安フェリーに乗って北海道の原野や海辺を歩きました。アイヌの人たちが他動物カムイに祈りながら地球の時空に刻んできた、原初的なアニミズムの空気。

ひとり旅した氷点下15度の北の海でした。電車を降りたのは、地元の人しか利用しない無人の駅。吹雪に視界も怪しくなりながらたどり着いた、誰もいない突堤。荒々しい波音を聴きながらしばらく佇んでいると、そこにいたのは、野生のゴマフアザラシでした。寒さに麻痺していたぼくの全身ににわかに血が通ったようで、思わずゴマフアザラシたちの様子に神経を集中しました。ぷかぷか浮かんだり、消波ブロックに寝そべったり、泳いだり。見つめているうちに、こぶしを握りしめていたぼくの瞼が熱くなって、ぽたぽたとこぼれ落ちてくるものをとどめることができません。ぼくの内側から、腹の底から、思い切り叫び出したい何かがわき起こりました。こうして、ゴマフアザラシはぼくの命を救ったのです。その後、別の駅でぼくは倒れてしまって救急病院に運ばれましたが、意識が戻ると、不思議と希望のようなものがわいてきました。

それからはますますゴマフアザラシに夢中になり、この生態はぼくの世界観の象徴でもあると気づきました。日本近海には五種類のアザラシが暮らしています。クラカケアザラシ、ワモンアザラシ、ちょっと前に多摩川に迷い込んで話題になったアゴヒゲアザラシ、定住型のゼニガタアザラシ、そしてさすらいのゴマフアザラシです。このユニークな面々のなかでもゴマフアザラシの生態は独特です。アムール河ってありますね。語源的には愛を意味するアムール、またの名を黒竜江と言いますが、この大河はロシアと中国とモンゴルの境となっていて、古来、無数の血が流されてきました。そして、日本海やオホーツク海とつながっていくのですが、川と海の温度差などの条件によって流氷ができます。毎年秋から冬にかけて、この流氷の上に乗っかって、はるか北の方から北海道へやってくるのがゴマフアザラシなのです。赤ちゃんも産んで、暖かくなる春に、また一頭ずつ独立して北の方へと旅立っていきます。流氷にひょっこり乗っかって雄大にわたってくる。その様子は地球自然のユーモアとでも呼びたくなります。周辺の海を見れば、ぼくたちホモサピエンスが国家というもので閉ざしています。日本、ロシア、中国、北朝鮮、韓国、カナダ、アメリカ。大変悲しい歴史がありますね。でも、そこを、パスポートも持たず、武器も持たず、裸一貫で氷に乗って、ゴマフアザラシは悠々とわたるのです。地球自然が与えた恵みに生かされながら、その顔を見れば、思わず「かわいい」と言ってしまうような童顔をしていて、真っ黒な目は、まさに黒い竜の化身ではないかと思わせるものがあります。その姿に学びながら、啓示のようにぼくが悟ったことがあります。

〈地球が詩を書いている〉

ということ。そして、世界は広大な詩の海でつながっているということです。

ゴマフアザラシさん、こんにちは

あたたかくなってきましたね
また北へ旅に出るのですね
ヒトが国家と国家で閉ざしてきた海を
あっけなく　悠々と　渡ってゆくのですね

そんなに深い目で見つめないで下さい
どちらが人間かわからなくなってしまいます

海は楽しいですか?
あなたのように裸で海に暮らすことはできないけれど
私たちにはいろいろな道具があります
海を渡り　空を飛び　電波を流し
世界中友だちでいっぱい
……のはずなんです
二本足で歩き　手を使い　頭を使い

生態系全体とヒトの歴史の流れを見渡して
この星の現在と未来のために尽力する
……はずなんです

この島国も
ふるさとアフリカから　〝大地〟から
〝海〟から　そして〝人間〟から
あまりに遠く離れてしまった

ああ
そんな励ますような目をしないで下さい

要するに　〝生きる〟ってことなんですよね
わかってるんです
わかっちゃいるけど……　ってやつですよ

あなたの寿命は三〇前後　今　私は三二

ヒトの寿命が長いのは
〝生きる〟までに時間がかかるから？

あなたを見ると　まじめな気持ちになります
あなたを見ると　優しい気持ちになります

ゴマフアザラシさん
どうか　お元気で

地球が詩を書いているという視点をもった時、それまでの人生の途上で見たすべての海がつながりました。いまも同じスタンスですから、それ以降の海もつながっています。そして、そうした動植物の豊穣な世界、広大な宇宙空間と濃密なひとときひとときの時間に動く命のダイナミズムと関係性と独自性、そのなかに、人生のひとコマひとコマも大切に抱かれているのだという実感を得ました。詩を書き続けようと思いました。

カモシカの森

シンリョクという言葉、漢字で書くと「新しい緑」の「新緑」と、「深い緑」の「深緑」がありますね。ひと口に緑と言っても森にはさまざまな色合いの緑があって、そのグラデーションは色鉛筆では出せない多彩なニュアンスを見せてくれます。そんな新しくて深い森の世界。

「森」という漢字を見つめると、不思議なひろがりがあります。「木」が三つ、バランスよくつながっています。「木」が二つで「林」、三つで「森」ですが、この三という数は「たくさん」という意味だとぼくは感じています。一本一本の独立した木がたくさんあるところが森ですね。でも、この漢字の森を見ても実際の森を見ても、木それぞれは全体の中に解消されてはいないんですね。一本一本の木がしっかりと独自に存在しています。その連なりを遠くから見ると森になっているんですね。ひとつひとつ独自の木の存在が大きなものにつながって森を形成している、しかも一本の木からもたくさんの枝が出てきて森を豊かにしている。

このあり方は人間社会のありようや、人生の道にもつながるのではないでしょうか。日常の巷の暮らしはひとりひとりかなしいことがいっぱいありますが、全体としての命や人生は森のなかで夢の風に吹かれている、そう感じると何か救われるようです。

ぼくは横浜と湘南がふるさとなので海に親しみ、海の詩をたくさん書いてきたのですが、こどもの頃から同じくらい森も好きで、京都や大阪に住んでいた時も、東京の西の方に住んでいるいまも森を歩いてきました。

　奥多摩や高尾や鎌倉や横浜の自然地域、都内の自然公園や神社境内などで、木々が風に揺られるのを目を閉じて聴いていると、それはまさに波音で、森と海が宇宙でつながって、どこか遠い根源的なところから聴こえてくるその波音に耳を澄ませることで、生きていることのおののきを覚えることがよくあります。そんな感覚で詩を書いています。

カモシカの午後

乗り継いで郊外の果ての駅

あなたの青春が
いま、ここに

ひとりで自然をひたすら歩く
かつてのあなた

ぼくもまた
森を海辺を
ひとりで歩いてきた

冬のはじめの風の山道
見下ろす視界に川の音
ここはけもの道

ぼくの中の原始が目覚める
あなたの中の夢が目覚める

どこまでも
ぼくが
おともするよ

山神に祈り
滝に見入り

花や実に驚いて
落ち葉の祭り
地球を踏みしめ
奥へ奥へ

そのような午後
山道で
カモシカに会った

黒いけものに
熊がいるよと君は言うけれど
まるまってこちらを見るその姿
大丈夫だよ
熊じゃないよ
襲ってきそうもないよ
汗が出てきても
見入ってしまう

〈優しい眼だね〉

枯葉の山の斜面で
のんびりとひなたぼっこする
厳しい生の天使の姿
澄みきったもののさびしい何か

けんめいに生きるものは
眼が優しい
あなたのように

カモシカの午後
ふたりの道を振り返り
あなたがぼくにささやいた

〈記憶という指輪をもらったよ〉

これは冬に妻と奥多摩の山道を歩いていた時に遭遇した一頭のカモシカの情景です。厳しく美しい自然のなかに暮らしている動物の眼って本当に深いものを感じさせます。熊だったらさすがに見ていられなかったのですが、カモシカはじっと優しい表情でこちらを見てひなたぼっこしていましたから、思わずその眼に見入ってしまいました。生きて死ぬことは厳しくて寂しいものですが、同時にだからこそ澄みきっていて、〈けんめいに生きるものは／眼が優しい〉と実感させてくれます。森のなかの命はこんなに健気で豊かで、それなのに人間は文明だなんだとエラそうなことを言いながら何をやっているんだろう、そんなことも感じました。

ぼくたち人類はサルから猿人になって森から出発しました。カモシカとは進化の過程を途中から別にしてきましたけれど、森の中の命の暮らしの記憶は、本質的なところで現代のぼくたちをはっとさせる大事なものではないでしょうか。詩の中で〈ぼくの中の原始が目覚める／あなたの中の夢が目覚める〉と書きましたが、現代社会のさまざまな問題を考える時に、原初的な視野をもって人のなかの原始を思い出すことや、夢を大切にすることを思います。その根底にはやっぱり、愛があるはずだと思っています。

人と人が疑いあい、だましあい、殺しあう。そんな世界になってしまっているけれど、もう一方では、そうじゃない感動の物語も日々社会のなかで生まれているのではないでしようか。原始と夢の森の波音を聴く時、これからの平和や地球環境のあり方、多様な存在の共存のあり方など、いろいろと考えさせられます。

ぼくは心理学的なものも詩のなかで追求しているのですが、ユング心理学に「コンステレーション」という言葉があります。専門用語で「布置」と言いますが、もともとは空の星座を意味する言葉です。ひとつひとつの星って、この地球を含めて、それぞれ独自に存在して独自の宇宙運動をしていますよね。それが、宇宙全体の中でとらえると、いくつかの星がある連関をもっているのが見えます。星座ですね。

そのように人生でも、あの出来事、あの偶然、あの出会い、あの別れ、そうしたものが時を経て全体から見つめると、忽然と星座のようにつながって、ある深い意味をもって自らに見えてくることがあります。何の関係も脈絡もないように見えた歳月のさまざまな出来事が、その人の人生のなかで大きな重要性をもつものを形成している、それがコンステレーションです。

木と森の関係、まさにコンステレーションだったりするのです。独自の木があってさまざまな鳥がやってきて虫がやってきてさまざまな枝を伸ばしながら存在する。そうした木が何本も何本も、大地の根っこのところでつながり、風が揺らす葉っぱでつながり、動植物のめぐりでつながって、森になっている。

生命の森のそのつながりは、人と人が手をつなぐこととよく似ていますね。友だち同士が、愛し合う男女が、助け合う人びとが、さまざまな関係性のそれぞれ独自の存在が、手をつなぎます。やみくもに群れるのではなくて、本来どこか孤独な存在であるさびしい人生と人生が、大きな生命の森のなかで互いをいたわるように畏敬の念をもってつながること。そこにひとつひとつ、森の新たな物語が生まれ、新たな波音が聴こえるのでしょう。

森のなかに佇むと、その辺りで生きては亡くなっていった無数の人びと、さかんにそこで躍動した無数の動植物たち、そういった存在、つまりいまはもう存在しないものたちの濃厚な気配を感じるんです。そして、そのひとつひとつの気配が草木や土としていまも生きているような感覚になります。

人ひとりの一生、生きもののひとつひとつの生涯もまた、宇宙の森、大銀河の波音を奏でているような気がします。空間だけでなく時もつないで、森の波音は人の心に、そうした壮大で繊細で夢にみちた現実のありようを思い出させてくれるようです。

海と森の深層へ

森と海は、根源的であるという共通点で密接につながっています。この星、地球の生命体すべての祖先を生み出したのが海。地球誕生から2億年ほど経った44億年前が海の誕生と言われています。ぼくたち人類の遠い祖先が猿の木から枝分かれして歩み出したのが森。７００万年前です。

そして、海に人間の生活が関わってできたのが港。森に人間の文明が関わってできたのが町。

常に人類は、海と森に立ち返っては旅立ってきたと言えるでしょう。

気配の祭り

朽ちかけた狭く急な石段
苔いろの風の森
けものの影をまとってゆらめく存在の幻
忘れられた人びとの気配に林の境内は
夕暮れの無音の祭り

一日が二十四時間ではないように
夢の深みに抱かれて
千年は一瞬だ

人の心が大銀河ならば
明かりを求め、闇に憩い
回転するそれぞれの物語は流れ星か

石段を登りきると
山がどこまでも
青くつながる
このどこかをずっと歩いて

旅人の祈りはいつも
星の下、星の上
歩き続けないではいられない
先人の祠を見つけて佇んでは
自らの道のりを振り向いて呼吸する

ざわめく幾百年の〈いま〉

命の視力は限りなく
夢見ることしかできない人間だから
力尽きて自ら宇宙になる日まで
見つめ続ける

そんな存在の無数の気配が
夜の林の境内に踊っている

波音 Ⅷ

震災停電も終わった日曜日
横浜港山下公園はつつじに青空

なんとなくかなしいぼくは
またここに来て
波音を聴いている

ザザーッ　ザザーッ
〈やっぱ　いいねえ　ハマは〉

その時だった

少し離れたところに
同じように
海を見つめる男

白髪が禿げかかっていて
浅黒い顔
小太りしたそれほど高くない背格好
作業員風の冴えない上着
よれよれのジーンズ
欄干に頬杖をついている

ぼくは動揺して背後の芝生に移動する
黙って海を見つめる男

通行人の喧騒の完全な外にいて
彼は海を見ている

彼自身の人生を見ている
通ってきた時代を見ている
激しいものがいっぱいあり
うまくいかなかったこともいっぱいあるだろう
その中に
初婚の時の息子の記憶は出てくるだろうか

名前と顔と性格と思い出は一体になっているだろうか
その息子がいまどこで何をしているか少しは見えるだろうか
その息子が遠くまで転々としてきたことが見えるだろうか
その息子が海を愛し港に来ていることを
少しは予感するだろうか

再婚後の彼の人生は
七十年近い歩みの中で
何かしら優しい景色となって
波間に見えているだろうか

ザザーッ　ザザーッ

いまさら〈感動の再会〉でもあるまい
声をかけるシチュエーションじゃない
母と父と幼かったぼくの物語はつらいから
中一の夏

大桟橋で再会した時の
ぼくから父への
父からぼくへの
ぎこちない微笑み
その記憶で十分だ

ザザーッ　ザザーッ

〈やっぱ　いいねえ　ハマは〉
彼もそう言っているみたいだ
〈父さんは詩人かもしれないね〉
ザザーッ　ザザーッ

もう一度ぼくは

老人になった父と
並んだ海岸に離れて立ち
波音を聴いている

海を見つめている時と、森の中を見つめている時に、共通なのが、波音です。港で聴く波音は、時に物悲しくてせつないけれど、透明でもあって、常にこの胸を生きることの激しいものへと駆り立ててくれる癒しの応援歌のようでもあります。

一方、森でも、目を閉じると、木々の葉が風にざわめく音が心の奥までしみ込んできます。樹海、樹の海という言葉があるように、森の葉擦れの音は海の波に似ているのです。それで、ぼくは〈森の波音〉と呼んでいます。

森は、海と同様に、そのような偉大な原点としての輝きをもちながら、他方では、海と同様に、深くてどこか怖いところでもあります。迷い込んだり、飲み込まれたりしたら、大変です。それでも神秘的な魅力にいざなわれて、もっと奥へ行ってみたくなる。語源的に、森は、木が茂り、盛んなところ、あるいは神が宿るやしろの境内、といった意味を含んでいます。昔話でも山に入っていくと山姥がいたり、海だと竜宮城へ運ばれたりとか、この世ならざる場所、異界とも言えるところが海と共通ですね。地下世界などと聞くと、何か底知れないイメージです。そこは現実世界の内部にある、人類や個人の深い無意識の領域でもあるでしょう。

　そして、森は、けものや鳥、虫たちの活躍の場所、つまり命が豊かに息づく生きものの世界です。中世や近世、まだ電灯も鉄道もなかった時代には、夜の山道を月の光を頼りに森を通って人間が歩いていたりしました。そんな道中、彼らは祈ったことでしょう。見つけた先人の足跡がうかがわれる森のやしろにほっとして、自然の神々に、今後の無事と、のこしてきた家族の無事などを祈ったことでしょう。そうしたことを感じながら歩くと、森は他者への共感を含んだものとなります。

　もし、ぼくがいつも敬愛してやまない他動物の方々に、愚かなばかりの我が人類の長所を聞かれたならば、真っ先に答えるでしょう。〈詩の心〉をもつことだ、ポエジーの世界をもつことだ、と。本当に、何をやっても他動物の皆さんほど自然体でできず、それでいて自分たちが一番偉いとうぬぼれて、挙句の果てには他動物だけでなく人間自身や地球全体を滅亡の危機に陥れているのですから、霊長類の長ではなくて、地球生物最大のガン、と自称したいほどの我ら人類です。でも、最後の頼みの綱として、ぼくたちには〈詩の心〉があるのだということ、世界には〈詩〉があるのだということが希望をもたせてくれます。〈詩の心〉がじわじわとひろがり、新しい時代の原理が、ひとつひとつの存在の痛みに耳を澄ます方向に向かうことを願ってやみません。

＊　引用は『佐相憲一詩集1983〜2018』（文化企画アオサギ）より。

＊　2016年5月11日・FM湘南ナパサ・番組「風がはこぶ言霊」特集「森の波音」及び、2017年9月30日・横浜「馬車道十番館」横浜詩誌交流会講演「物語ることの海と森」、以上の放送と講演から抜粋して編集した。

夕もや横浜紀行

1　1971年、大船

うつむいた顔をあげて、ぼんやりした眼差しが微笑んだ。その厚化粧の女性は疲れた様子で、暗い部屋に赤い明かりがついていた。「いらっしゃい」。ハスキーな声だった。ぼくのそばで友は得意そうだ。アパートからアパートへいつも遊びに来てくれた。いま、彼はぼくを自宅へ案内して母親を紹介したのだ。これから夜のおつとめに出るらしい彼女は息子からぼくの話をよく聞いているらしく、その眼は優しかった。ぼくはもじもじしてしまったと思う。むき出しの人生の闘いと哀しみを生きてきた香水の夜の女。3歳のぼくの心深くに刻まれたのは、その眼のぬくもりだった。

1971年。巷には赤い鳥「翼をください」、ジョン・レノン「イマジン」、レッド・ツエッペリン「天国への階段」がかかった。仮面ライダーが始まり、帰ってきたウルトラマンは地球環境と人心の危機を訴えていた。ベトナム反戦世論が続き、革新自治体の横浜にチンチン電車が走っていた。

大船は横浜と鎌倉の交差点で、京浜工業地帯のごみごみしたコウバマチと下町商店街、場末スナック街、禅宗文化と海が近い森の自然、「男はつらいよ」寅さんの松竹撮影所があった。

大船駅から現・横浜市栄区の笠間へは歩いて行かれる。バス停だと岩井口だ。いまは小ぎれいな巨大マンション地域だが、当時は小さなアパート群と古い家屋が密集し、小さな町工場と大手企業の化学工場があった。その中で青空を見るなら鹿島神社の小高い境内だ。駄菓子屋があり、銭湯があった。

結局、縁の薄かった我々親子三人、父母とわたしの三人一家が共に暮らしたのは実質5年ほどで、7年目に現在のベイスターズスタジアム近くにある家庭裁判所で離婚調停が成立した。大船エリアに引っ越す前の親子生活の始まりは、現・南区の港ドヤ街エリア中村町近くだった。大船エリアの後の4歳途中からは港南区のまだ何もない原野に移った。ぼくは生粋の横浜っ子というわけだが、物心ついた頃から父母の関係は冷え切っていたし、ぜん息やメッケル憩室手術、幼稚園ではいじめられて中退など、常に不安定な心を抱いてさびしかった。そのおかげか、早くからこの世を生き抜く哲理のようなものを探求し、動植物の地球自然界や広い世界に救いを求めた。

その原点に、あの夕もやの情景がある。ぼくの記憶が始まった3歳の、向かいのアパートのあの子のうちで接した、あの夜の女性の素顔。〈詩の心〉との出会いと言ってもいいだろう。あの時、彼女は何歳だったのだろう。場末スナック、安バー、キャバレー、あるいはもっとしんどい、人に言えないような仕事だろうか。毎晩、一人息子を部屋にのこして出勤するそのひとの、息子の唯一の友だちであろうぼくをまっすぐに見たあの眼差しと、どこかさびしそうで温かい微笑み。きっと、彼女の心も泣いていたのだろう。それを見て育つあの子は幼い頃から本当の厳しさと優しさを知っていたに違いない。その彼が、ぼくを選び、共に遊び、得意になって母親に紹介してくれたのだ。

どぎつい化粧と香水にむせる薄明かり。世の中も騒然としていたあの時代、ハマの片隅でひとりの女性から向けられた、無防備な〈詩の心〉が、ぼくを照らし続けている。

2 1974・85年、日野南・上大岡

当時、港南区唯一の繁華街だった京急・上大岡駅周辺は雑然とした裏町風で、横浜刑務所そばに区役所ができた。対照的な原野に暮らす幼児にとって、バスは大人の異界へのマ

ジックだった。現在の日野南6丁目がそのような手つかずの自然地帯だったことを、住宅地になった後の住民は想像できないだろう。根岸線の港南台駅も5歳の時に出来たから、それまでは鎌倉街道のバス停しかなかった。

ハルヨちゃんがぼくの手を引いて盛んに導くのだった。短髪で目鼻立ちの整った彼女はおてんばで、はにかむ笑顔がかわいかった。4歳の途中から人家がほとんどない荒野の丘へ父母と転居したぼくは、原っぱでハルヨちゃんと遊んだ。昼間は富士山、夜は遠くに港の灯りが見えた。彼女のうちはクリスチャンで、低音で「けんちゃん」と呼ぶ母親と、おとなしいが芯の強そうな父親のもとに、確か5人くらいの女の子がいた。ハルヨちゃんはぼくのひとつ年下だったと思う。年下の女の子に手を引かれてニコニコしながらぼーっとした丸顔のぼくは、彼女の姉妹たちとも仲良しだった。

1974年、ぼくは6歳になっていた。原っぱには昆虫や爬虫類や両生類や鳥がいたし、さらに豊かな野庭の森の探索はその後のぼくの内面形成を助けてくれた。

ぼくの人生も裏通りに入っていった。けれどもそこには、独り逃れることのできる広大な地球自然があり、記憶にはハルヨちゃんらの愛があった。それが根源的なところでぼくを救った。血縁のしがらみや見かけの社会的あれこれよりも大切なものが心の内外にあるという確信だ。

11年が経過して1985年、同じ高校に通うハルヨちゃんをみかけた。会わないうちに落ち着いた感じも出てチャーミングだったが、声をかけられなかった。不思議と恋愛とは少し違う感覚だった。忘れていた領域から彼女を通して、高校生当時厭世的だったぼくの深いところに光が送られているという感じだった。

3　1975・81・85・86・2012年、紅葉坂・山谷・中村町・八幡町・寿町・大桟橋・葉山

〈横浜って街の中に高尾山があるみたい。〉

後に妻になった人の言葉に意表を突かれる。紅葉坂を県立図書館へと上りながら、坂が多いという地形こそが、この故郷の街で社会思想に目覚めてきた人たちのきっかけだったに違いないと思う。

坂が多いということは、谷が多いということ、暮らしぶりの対照が露骨ということだ。ぼくのルーツの二分の一は港エリアの末端、山谷という地名だ（旧・中区、現・南区）。近隣は、日本三大ドヤ街の寿町、丘の上の木々を仰ぎ見る断崖と川の間を細長く続いて家屋が密集する中村町、在日コリアンや沖縄出身者、中華系も多い横浜橋商店街界隈、旧遊郭街の真金町、市大病院のある浦舟町、八幡神社の八幡町など。東京にある同地名・山谷

もドヤ街というのは皮肉なことだ。北西へ地下鉄・阪東橋駅を越えて、昔はハマ随一の華やかな文化・娯楽の中心だった伊勢佐木町商店街、さらに北西に高架を走るワインレッドとクリーム色の京浜急行を見ながら大岡川を渡れば、昔は麻薬や売春のはびこる危険地帯でもあり、いまはすっかり地元アート発信地になった黄金町の駅に出る。

その向こうには、清水が丘や三春台のさわやかな丘の風景が見え、いま来た道を反対側に戻れば、中村町や山谷の上、根岸から続く米軍住宅地が立ち入り禁止のフェンスの向こう、日本人を含めたアジア人の密集家屋をあざ笑うように広がっていた。さらには山の手の高級住宅街、洗練された外国風情の学校や教会などがある。

昔のハマは、天国と地獄の感がいまよりさらにリアルだっただろう。巨大経済を代表する港まちを開港以来体現してきたような、雑多で猥雑で、差別的でもあり庶民的でもあり革命的でもあった、この谷間の一帯である。

けれども、名物となった三吉演芸場辺りを過ぎて断崖側の路地へ入ると、ぼくはほっとする。中村町、八幡町のこげ茶色のボロボロ木造アパートやトタン小屋風、場末飲み屋や個人商店。高校生時代から今日まで、時々一人歩きしてきたぼくの眼には、ここは不思議な愛着があって落ち着くのだった。中村橋でドブ川を渡るとまた違った風情の下町・蒔田、南の海側へ行けば、現在は横浜市電保存館もある磯子区の滝頭、そして堀割川は、少年の頃の夏に泳いだ根岸マンモスプールの横を通って海に出る。海岸一帯には新杉田辺りまで、京浜工業地帯の工場や倉庫、燃料タンク、ガントリークレーンなどが見える。

＊＊＊

1975年の春、小学生になる直前で佐相憲一になったぼくは、それまで新保憲一だった。大船のアパート時代にも、港南区の原野時代にも、生まれてすぐに住んだ父方の南区（昔は中区）のその一帯に時々連れていかれた記憶があり、埃まみれの夕もやにうっすらと、父方祖母の笑顔がある。

横浜スタジアム近くの家庭裁判所で具体的にどんな応酬があったのかは不明だが、母によると、全部父が悪い、母の父（ぼくの祖父）は偉大だ、ぼくは父に会わない方がいい、母の味方であるべきだ、となる。こどもの頃はそれを信じて「よい子」を演じていたが、1981年、中学生になった夏、逗子の葉山海岸とハマの大桟橋で再会した父のさびしい笑顔と詩的な言動を知ってからは、片方の話だけを鵜呑みにしてはいけないと思った。

お父さんさ　海が好きだからさ
波の音　カセットにとって
夜　聴くんだよ

ザザァーッ、ザザァーッ、……

何度か詩に書いた父の言葉だが、そう言って彼は、安月給の中から当時流行していたラジカセを買ってくれたのだった。家系的に孤独な少年には音楽が必要と直感したのかもしれない。幼い頃、父が洋楽を好んで聴いていた記憶が甦った。

すでに父は再婚し、穏やかに幸せらしかった。彼はぼくの母や祖父母の悪口はいっさい言わなかった。海が好きで、息子と最後に会う場所も海を選んだ。大桟橋で無口に煙草をふかしていたが、幼い頃は怖くて直視できなかった彼の顔を見ると、遠い漁民の血の神秘的な荒々しさと、息子への罪悪感のようなものを感じた。少し哀れになって、中一ながら、ぼくが彼の父のような気持ちになって、ぎこちなく笑顔を返せたと思う。

大人になってからぼくが除籍謄本を頼りにたどったルーツ探索によると、父の祖父、つまりぼくの曽祖父の新保重太郎は上越地方、新潟県西南部の直江津近くの漁村から横浜に出てきた人だった。ぼくの中の八分の一は日本海側の漁民の血ということになる。

父にはそれ以来会っていないし、母ともぼくの結婚をめぐって事実上の絶縁となった。いまの心境は、誰も悪くない、すべては宿命だ、その中で確実にぼくの人格と人生は鍛えられたし、さまざまな体験を経て来たからこそそのいまがある、という感じだ。

＊＊＊

ぼくの名前が変わった１９７５年にヒットしたイギリスのバンド10ＣＣの名曲「アイム・ノット・イン・ラブ」は、愛してなんかいないよ、と強がりを言う男の照れ隠しラブソングだが、間奏部分のささやきボイスが自分の声のようで、ずっと特別の曲である。

Be quiet, big boys don't cry
Big boys don't cry ……

そのように、泣かないように気を張って生きていた。そして、芸術的な多重録音コーラスの美しいメロディに、愛してなんかいないよと強がりながら愛する対象は、少年期のぼくの場合、肉親や世間を超えて、地球世界そのものだった。そうでなければ、絶望という望ましくない魔物にからめとられてしまっただろう。幸いにして、日々の森や野原で出会う自然界の様相は、アイム・ノット・イン・ラブのように美しくてシックだった。

＊＊＊

級友たちと違って学習塾に行っていないぼくは、高校二、三年の夏休みは桜木町の紅葉坂を歩き、丘の上の神奈川県立図書館で受験勉強を自習した。１９８５年、８６年になっていた。バッグにはお守りのヘルマン・ヘッセ詩集があり、休憩時間には図書館のマグリットやカンディンスキーやロシア・アヴァンギャルドの画集を見た。心のラジカセにはいつもロックやソウルの洋楽がかかっていたが、帰りに夕暮れの港まで寄り道する時、波音の調べこそが自分のテーマ曲だと感じていた。

その頃、国語の読書感想文で、佐江衆一のノンフィクション小説『横浜ストリートライフ』を取り上げた。横浜で起きた不良少年によるホームレス殺害事件を現地取材した作品だ。新潟などから流れてきた流れ者労働者が、戦後の高度経済成長からはみ出されて寿町で生きていた被害者側のせつない人情、犯人側の少年たちが複雑な家庭環境で不良化しながら本当は大人社会に心で叫んでいた実態、ハマの夜の街に生きる謎の青年の感じ方、作家独自の考察、という四者の視点から多面的に展開された、衝撃の名作だった。

感想文にどのように書いたか詳細は忘れたが、作品に深く胸を打たれてうなずき、心優しい流れ者の生きざまに共感し、少年をとりまく社会や家庭環境の問題に心を寄せ、我がことのように夢中で読んだ記憶がある。

その感想文を国語教師は絶賛してくれたのだった。物書きの道につながる入口に立っているような性急な夢想に浸る森の帰り道。厭世的だった自分を革命する力がわいた。

高校生のぼくは、一方では世界史や社会思想に目覚めた探求心から、他方では封印されてきた自分の中の二分の一のルーツが遠い幼少期から呼ぶ声が聴こえて、寿町や中村町や八幡町、山谷の一帯まで、時々ひとり歩きをするようになった。当時は誰にも言えなかったが、紅葉坂をのぼって独学する孤独な夏の心に、世界の丘の風が吹いていたのだ。それは、ぼく自身のペレストロイカだった。

＊＊＊

いまでも年に何度か、その一帯を歩いている。石川町駅から元町と反対方面に歩いていくこともあるし、伊勢佐木町や阪東橋から横浜橋商店街を通っていったり、山元町方面のもうひとつの谷間から共同墓地を通って上り下りして行くこともある。

ここにはもう、自分につながる誰もいないし、すべては時代の記憶の、夕もや紀行だ。それでいい。神社境内では、雑草にのんびり日向ぼっこをする猫に会えるし、港ではカモメがさかんに飛翔する。

２０１２年、愛する人を初めて故郷・横浜に案内した時のスタート地点として、ぼくは紅葉坂と神奈川県立図書館を選んだ。いつの間にか寂れた感じになった丘の上の図書館に入ると、廊下の椅子に並んで座り、ぼくたちは互いのこども時代に好きだった昆虫や動物の話をした。互いに抱える、生きることの谷底に横たわる大切なものを確認した。

4　1987年、野庭・中華街・山下公園・早稲田

〈ジョンは死んでよかったんだよ。〉

友の言葉に違和感を覚えた。高校の帰り道で偶然会うと、ぼくらのロック談義が始まる。歳のわりに博学な友はいいやつだったが、いかにもペダンチックな冷めた批評に、ぼくは反論することも多かった。

1987年初め。ジョン・レノンが射殺されて7年が経っていた。あと数か月で互いの進路へという受験前。横浜市南部にひろがる森の道で、友はそのことを持ち出した。

いわく、ビートルズ時代やプラスティック・オノ・バンドの名を付けヨーコと歩み始めたソロ・アルバム初期のジョンは偉大だったが、家庭生活を経た1980年の『ダブル・ファンタジー』は駄作である、あんな軟弱な音楽に走ったジョンがあれ以上生きていたら、ヨーコと共にどんなみっともない路線に走ったかしれない、だから結果的に40歳で死んでよかったのだ、というのだ。

ぼくは反論した。遺作収録の「ウーマン」はジョンが到達した世紀の名曲だし、「スタ

ーティング・オーヴァー」は彼の原点的なリズムに彼らしいメロディがよく合っていて、よい。シャウトで突っ張りながら知的な輝きを見せたビートルズ時代のジョンも、ナイーブに内面を見つめる詩や反戦・社会的不条理を歌ったソロ初期のジョンも素晴らしいが、それらすべてを経て、彼の人格が幼少期から求めてやまなかったほんとうの愛を手にしたこの復活時のジョンには深みが増している。軟弱とか硬派とかいう区別はモテない男のヒガミでしかなく、ジョンは愛そのものの詩想を音楽で表現できるまでになったのだ。ぼくが生まれる前の年に全世界生中継で「愛こそはすべて」を歌って反戦の心をも表現したジョンの美学がますます冴えているではないか。ほんとうのファンなら殺されて喜んだりしないはずだ。失礼だ。優しさが出ると軟弱なのなら、ひろい意味でのポピュラー音楽はすべて軟弱とされるではないか。

ぼくはかなりムキになっていたようだ。友はムッとしていたが、聞いてくれていた。

何がぼくの深部を刺激したか、いまならわかる。家庭背景が幸せとは言えない青年が、愛に飢えるという点で似た背景を感じるジョン・レノンという伝説のロック・スターに託していたもの。傷つきやすく不器用にも、ストレートにかっこよく生きたジョンの愛のメッセージがぼくの内部を励ましてくれていたこと。その根幹を否定されたと感じたのだった。10代の少年にとって40歳は老いてさえ見えるものだが、死の直前のジョンが歌う「ウーマン」の突き抜けた美しさは、同世代の友人か、自身の内面にいるアニマそのものにも感じられた。その彼が美の頂点で射殺されたのだから、彼を殺した直接の犯人だけでなく、背景としてのこの世界そのものにプロテストの気持ちを抱くのは、ぼくにとって当然のことだった。

＊
＊
＊

港南区と栄区にまたがる森の道を歩きながら、1980年代半ば当時にヒットしていた黒人ソウルやファンクなどの洋楽や、愛聴する幼少期のブリティッシュ・プログレッシブ・ロックと共に、心の友人ジョン・レノンの「ウーマン」を胸の内で歌った。そのサビのところの後半で、この世のものとは思われない美しいハーモニーがシンプルに歌っていたのは、I love you だった。前回書いた10CCの I'm not in love とセットで聴くと、字づらの対照とは裏腹に、同じことを違う手法で表現しているように感じた。

森の上を鳥が鳴きながら飛んでいた。お守りのヘッセ詩集がカバンのなかで囁いていた。風が吹いて、ぼくのなかのアニマが活性化していた。でも、どうすればいいのか、あまりに自分がちっぽけな存在と感じていた。

＊
＊
＊

中学時代は心の苦しみで勉強どころではなかったから、通った公立高校は偏差値が低かった。偏差値の高い高校に行った友人からは、制服がダサいとからかわれたが、そこには森があり、出会いがあった。

恩師である教師三人との出会いが決定的にぼくの人生を励ました。放課後に質問するぼくに英語で読む喜びを教えてくれた初老の紳士・平野先生、淡いものさえ抱かせてぼくを古典文学好きに変貌させた瞳輝く若い女性教師・渋川先生、広大な世界史と世界思想にぼくを引きずり込んだ好漢・森田先生。前者二名が早稲田大学出身と聞いて、ワセダに憧れた。バカバカしいと嘲笑する周囲に、早稲田しか受けない不退転の覚悟を伝え、落ちたら肉体労働者になると宣言した。

＊＊＊

結果、ワセダマンになったのだが、ほんとうは教育心理学に行きたかった。その次の希望が文学で、政治経済、法学部と、合計四学部を受けていずれも合格した時、生活費は自分で働いて捻出するにしても、当時から高かった学費だけは因縁の保守的な祖父に卑屈に世話になるしかなく、そのことが進路選択を狂わせた。学費がほとんど無料の当時の西ドイツやフランスの青年たちがうらやましかった。

結局、周囲のすすめる政治経済学部に入った。世界史や世界思想が好きだし、世の中をひっくり返すにはぴったりだと豪語したが、ほんとうは、自分がカウンセリングを受けたい者にカウンセラーや教師が務まる筈がないという自信のなさも影響したのだ。偏差値がより高い方をという俗物根性にも負けた。

だが、心理学と文学は内面の最重要課題として、現在に至るまでずっと残り続けた。

＊＊＊

早稲田出身の村上春樹の小説『ノルウェイの森』がヒットしていた。冒頭の回想の入り方が、ぼくの好きなシュトルムの小説『みずうみ《インメンゼー》』に似ていて、またジョン・レノンが作った表題作の曲も好きなので、親しみを感じた。心の病やサナトリウムが出てきたり、恋愛がうまくいかなかったりと、何の因果か、当時のぼくの心が泣く空気とどこか共通のトーンに励まされた。

＊＊＊

ぼくは横浜中華街の老舗でウェイターのアルバイトをした。家庭教師の仕事と掛け持ちなので、大学の勉強の片手間ではなく、週労働時間はかなりの長さになった。平日の夜のほか、休日は朝10時から夜10時まで働いたが、交通費のほかに食事が支給されるのはありがたかった。お金を貯めて、二年生になる前に東京のアパートで独り暮らしを始める資金にするのだ。最悪の空気の家を出て、広大で厳しいこの世界のただ中に、自分の選択で生きていくことを渇望していた。大学の夏休みはずいぶん長かったが、湘南の海に行って空を見つめるほかは、ほとんど働いた。お店から感謝されて、働く喜びも知った。

優しいお客さんに質問されてちょっとした交流をしたり、メニューを漢字で書く特訓をしたり、当時のトレンディードラマの撮影で有名俳優や歌手が食べに来たり、いろいろいい経験をしたが、一番心に残ることは、そこで働いている中国人たちとの交流だ。

香港系の人たち、台湾系の人たち、そして後にほかの店で出会う大陸中国系の人たち。バブル全盛期に中華街でアルバイトをする日本人青年男女は多かったが、彼らの多くは日本人青年とだけ交流し、中華系とは距離をもって接していた。対照的に、ぼくは特にナニ人だからという意識で生きていなかったから、中華系のご婦人たちはぼくをつかまえて話をしてくれるのだった。東洋思想にも関心のあるぼくにとってとてもうれしく、彼女らに人間としての自信をつけさせてもらった。

〈あなた優しいね。日本人でナンバーワンよ。あなた中国人のなかでモテるよ。〉

そんなことは思いもしなかったし、仕事帰りの深夜の石川町駅のホームからはラブホテルのネオンも見え、苦学の我が身と世のバブル狂乱のギャップが悲しくて、イヤホンで洋楽を聴いては世界への夢で我が身を励ましていたのだ。異国から来た人びとからそのような優しい言葉を掛けられて、職場で中華系の人たちと人間交流をするのが楽しみになった。異国で働く彼女たちを尊敬した。

新潟からの流れ者労働者の主任の男性とも親しくなった。前回回想したように、ぼくは『横浜ストリートライフ』で新潟などからの流れ者労働者が寿町などで苦しみながらも笑顔で生きてきたことを知っていたので、中年で独身の主任のイメージがそこに重なった。素朴な言葉づかいで寡黙だが働き者で、親切にしてくれた。先輩というよりは父のようだった。ハマの港のバーで飲んだ後、中華街のアパートに泊めてもらったこともある。ぼくがこの仕事をやめて東京で独り暮らしをする方向を語ると、主任は優しく人生の言葉を贈ってくれた。残念ながらその具体的な言葉が思い出せないのだが、感動したことをはっきりと記憶している。

夏の休憩時間には、すぐ近くの山下公園に行って、ベンチに寝そべった。色とりどりの花がまぶしく、氷川丸の向こうに京浜工業地帯の渋い情景があり、すぐ近くに響く波の音。ぼくは夢想した。世界はここから始まるのだ。〈詩の心〉が。

5　1993・96年、弘明寺・六ツ川・山下公園・川崎

〈カンパイシヨーヨ、オツカレサマ！〉

〈ありがとう、うれしいね、乾杯！〉

鳥の唐揚げとサラダを買ってきたのは彼だった。赤ワインとチーズを買ってきたのはぼくだった。

横浜市南区六ツ川の、港南区芹が谷に隣接する地域に、友の暮らす飯場があり、そこから土木作業に日々動員されていた。鎌倉街道沿いの地下鉄弘明寺駅から大岡川を越えて広がる昔ながらののんびりした下町商店街の先の坂に心落ち着く弘明寺の境内があり、そのさらに上の京浜急行弘明寺駅の向こうの丘は弘明寺公園。この辺り一帯に一時期、ぼくの日常があった。そのまたさらに向こう側に位置する六ツ川エリアはまた違った雰囲気の住宅街だが、マンション名末尾などには依然として「弘明寺」と付いていたりした。南区側にはこども医療センター、港南区側には精神医療センターなどがあり、山あり谷ありの横浜の中でも、意外と知る人ぞ知る、昔ながらの横浜らしい空気があった。

仮小屋風のその階段を上がった部屋には、紙コップで「乾杯！」と交わすバックに、ヨーロッパで数年前にヒットしたヒーリングポップの名曲がかかっていた。エニグマ「サッ

ドネス」。聖歌ヴォイスとシンセサイザーのシックでクールな演奏が、女性ボーカルのフランス語の囁きで抒情へ転調する。「善悪」の境が消える問いかけ、それはベルリンの壁崩壊後の混沌として新たな緊迫に包まれたヨーロッパを彷徨う移民の心のようであった。

〈この曲、いいよね、ぼくも好きだよ〉

ぼくが言うと、CDをかけた友は得意そうだった。そして、その歌詞にフランス語が出てくることと赤ワインが呼び水となって、思いもよらない会話が続くのであった。

1996年。ハマで出会った友はぼくと同世代で、イランから日本に来て働いていたが、ワインを飲みながらの楽しい会話の中で深刻なことも話してくれた。要旨を再現すると、

〈イラン、大好き。ぼくのふるさと。でも、ぼくはゾロアスター教だから、イスラム教の政府はぼくのこと嫌いね。家族もそう。みんなでいつかフランスで暮らしたい。ぼくのシスターがもうベルギーまで先に行った。ぼくは大好きなイランに帰れないよ。帰ったら、アーアー！〉

そこで彼は、何かで自分の体を打つしぐさをした。つまり、弾圧される恐れがあるのだ。

ゾロアスター教！　拝火教。ぼくは狂喜した。高校時代に学んだ古代からのその宗教の世界観は、キリスト教の異端をはじめ、世界中の思想に影響を与え、興味深かった。そして、大学生になった頃読んで夢中になったニーチェ「ツァラトゥストラはこう言った」のツァラトゥストラとはゾロアスターのドイツ語読みだということも知っていた。ニーチェ

と言うとステレオタイプにニヒリズムというレッテルでくくられるが、現代世界の混乱の中で生き方に迷う青年にとって、意外にもその書の印象は、諦念と無気力な生き方に抗して、いま一度、自分自身の内なる生の意志を実践せよ、というようなニュアンスに読めるのだった。ニヒリズムというよりは、実存主義や左派的な、旺盛な世界把握への鼓舞のように感じられて、夏の早稲田をまるで超人になったかのように、はたち前のぼくは夢想しながら歩いたものだ。

それはともかく、ぼくと同じ20代終わりの友はいま、横浜で不法就労者取り締まりという冷酷なシステムに脅えつつも、将来のフランスでの一族集合と新たな生活を夢見て、上達著しい日本語で、ぼくという日本人と笑顔で語り合っているのだった。それというのも、彼はこの地で年上の日本人女性と恋をしていたのだ。当時東京生活から数年間横浜に戻っていたぼくが関わっていた社会運動と縁のある弘明寺の生活相談所に、その彼女とふたりで来たのが出会いだった。急速に社会問題になっていた外国人労働者の日本での人権無視や劣悪環境に対処できる専門家が対応してくれたが、その場をたまたま通った同世代のぼくと彼はウマが合って、友となった。

〈彼女、優しいね。愛してる。だから、いつかはフランス行きたいけど、いまは日本も好きね。工事現場の親方も親切だよ。〉

〈そっか、そりゃあいいね。ラブラブじゃん。でもさあ、ほんとは不法就労じゃないちゃんとした扱いであなたが暮らせるといいよね。日本が好きって言ってくれてうれしいけど、ぼくは前にドイツやフランスに行ったから知ってるよ。あっちは外国からの移民の生活をもっと支援するシステムがあるよ。日本ダメね。日本は革命が必要だよ。〉

〈カクメイ?〉

〈レヴォリュシィオン、アン・フランセ。〉

〈おお! レヴォリュシィオン! いいね。〉

〈イラン映画、見たことあるよ。すごく詩を大切にするよね。詩は好き?〉

〈シ?〉

〈ポエーム。〉

〈おお! イランはポエームみんな好きだよ。学校でもハーフェズとか覚えて、みんな言えるよ。〉

〈ぼくはオマル・ハイヤームが好きなんだよ。知ってるよね、昔のペルシャの酒飲みで恋ばっかしてたおっさん。でも、いまはイランはお酒ダメなのかな?〉

〈オマル・ハイヤーム、いいね! もちろん知ってるよ。ぼくもお酒大好き。ワインもっと飲もうよ。〉

深夜のハマの飯場の小さな部屋で、ぼくたちは葡萄酒の詩祭をしているようだった。

遥かペルシャの地からやってきた気さくな友が、まずは横浜の恋を発展させて市民生活も何とか権利を得ていって、やがてはぼくとフランスで落ち合うかもしれない。そんな夢も語り合いながら、かつてフランスに「亡命」しようと考えていた自分が、皮肉なことに、ひとりのアジア人にとって最も素直に心許せる日本人として映っていること、さらにはそこに、〈詩の心〉と呼べるようなものが出現していて、ぼくのほんとうの生き方は、漠とした雲をつかむような夢想にとどまるのではなく、いまこの時を信念に従って行動し、現代の路地裏のふとしたひとコマひとコマの〈詩〉を大切にすることではないか、そのように思えてくるのだった。誠実にユーモアも忘れずに生きる同世代の友の姿にぼくが学んだことだ。

1996年、28歳夏の横浜の友情。

だが、秋は訪れる。それも麗しい枯葉舞う秋ではなく、蟬の命が絶えるように、木枯しに交友が消える、それが突然やって来た。

友が不法就労で捕まったのだ。本当のところは、単なる不法就労で捕まったのではなく、いろいろいちゃもんをつける愚かな警察と行政が、偏見対象の浅黒いアジア人をいじめているということだったのだろう。なぜなら当時、不法就労はこの国のあちらこちらにあって、そもそも安い賃金で働かせまくっていた土建会社その他が違法と知っていてそれを助長したのだから。人としての弱みを握られて翻弄される外国人労働者には本当は罪はない、それがぼくの考えだった。

だが、いったん捕まると、働かせていた会社も知らんぷりするし、何とか力になりたいと知恵で導いていた専門家や市民活動家も、入管の建物に収監された存在にはなかなか効果的な手が打てなかったようだ。彼の恋人はどうしたのだろう。

当時は山下公園近くにあった入管をぼくは訪ねたが、入管は信じられないほどに冷たく、友に会わせてくれなかった。それ以後、友がどうなったのか、ぼくは知らない。

またしても、この港。父とも大桟橋で別れ、幼い頃から現在まで、つらいことがあると海を見て物思いにふけった、この港。笑顔のすてきなイラン人の友との別れも、ここだった。

＊＊＊

その3年前の1993年。

夏空に包まれて、横浜と同じ神奈川県の川崎で、高層ビルの外壁をするするロープで降りながら、ぼくは窓ガラス拭きの仕事をしていた。現場は二つ、ＪＲ川崎駅から市役所通りを少し行ったところのビルと、横須賀線の新川崎駅すぐの地に立つ巨大ビルだった。

その仕事で感じたものはかつて詩にも書いたが、最初はそれこそ小便をちびりそうなほど震えたその作業が、慣れてくると快感になった。横浜とはまた違った京浜工業地帯ど真ん中の川崎の大気の中で、ビルの屋上や外壁づたいの空中から体ごと見つめて感じる世界は、ホモサピエンス社会の俯瞰や相対化、あるいは人の暮らしの裏側凝視という詩想傾向の形成に影響したと思う。

その職場で出会った来歴さまざまの青年たちは、その前の学習塾講師時代に出会った同僚青年たちとは違って、ほんとうの心の交流に飢えたぼくの人間不信を解いてくれた。中卒や遠方からの家出、異性との早熟な同棲など、そのような彼らの背景だったが、「なんで早稲田まで出てここにいるの」とからかわれながら、心の深部に世界革命と自己革命を夢見る孤独なぼくに優しくしてくれた。そう、原野だった日野南の丘で、毎日自然にまみれて近所の友たちと共に遊んだ少年時代の記憶が再現されているかのように。

川崎に多く住む在日コリアンの歴史的・日常的な苦難を現地で学んだのもこの頃だ。帰路、根岸線や横須賀線の窓からは、閉塞時代の夕焼けが、ぼくの胸に呼応するように、何かを叫んでいた。

6　2001〜23年、大阪・東京・横浜神奈川

〈黙って東京へ行ってしまって、サソちゃんに裏切られた気持ちです。〉

〈私も勉強がんばるから、先生もがんばってください。〉

〈詩人のお仕事って、どんなことをするんですか。〉

〈お願いがあります。先生の詩集をください。〉

大阪の小学生の女の子たち。手書きメッセージと笑顔の写真。その中のひとりのお母さんがまとめて送ってくれたのだ。西新宿の高層ビルを眺めながら神田川沿いの新緑の中を歩く2010年のぼくはせつない。何とお返事すればいいのだろう。胸いっぱいになって、こどもたちの笑顔を繰り返し見つめながら、大阪のまちの小さな塾でこどもたちや保護者たちとふれあった約10年間が夢のようだ。京都で数年過ごした後、ぼくはすっかり、愛すべきナニワ世界にまみれていたのだ。

〈みんな相変わらず、かわいいなあ。ごめんな。許してや。みんなにさよならをどう言ったらええのか、なんか照れくさくて、言えなかったんや。でも、引き継いでくれた先生はとってもええ人やで。ご自分も子育て真っ最中のお父さんやし、ほかでも教室長してはったから、安心や。ぼくなんか変わりもんやし、名物教室長に思ってくれたんはうれしい

けれど、さすらいの身がお似合いや。けどなあ、ほんまにみんなぼくを人間的に好きになってくれて、先生はみんなのおかげで大阪びいきになりました。時に怒ったりもしたけれど、かんべんしてや。みんなの心の成長を応援したかっただけなんやから。〉

そのように、おーい、センセイも元気にやっとるでえ、そう素直に返事の手紙と詩集を送ればいいだけではないか！　そう思いながら、結局、日々が積み重なって、返事をしなかった。そのことが、胸の奥深くで傷となって疼く。だが、あの頃は、ああするしかなかった。いまのように何でも相談できる妻もいなかったし、大阪の夏・秋、健康に日に焼けたこどもたちと「クイズ・サソーショック」で笑い転げながら一緒に勉強し、時にはリクエストに応えてぼくの詩を朗読したりしながら、もうすぐ東京へ転職するなんて、この子たちには言えなかった。せめていま、こうして人懐っこくお便りをくれているのだから……と言っても、ひとり黙って大阪を去ったことに言い訳をしても何も始まらないではないか。彼らはこれからどんどん成長して、ひとりひとりすてきな大人に巣立っていくのだ。ほんの一瞬、心の出会いで温かい日々を共にしたからと言っても、それは職業上の交流に過ぎないではないか。ぼくみたいな者の生き方を真似しない方がいいのだ。ここは嫌われてもスパッと、さよならを……。けれど、それは自分自身への言い訳だった。だから、自分で傷ついていた。

思えば、本当に優しくて面白くてありがたい教え子たちだった。無事に卒業していったかなりの人数のこどもたち……。大手の塾ではついていけないが、人間的なふれあいの中でしっかりその目を見て教えればグングン成績が伸びる子。学校環境が合わなくて登校拒否気味になってぼくの塾へ駈け込んできて、やがて笑顔が戻って学校にも復帰した子。親がさまざまな国籍の子たち。ぼくと同じ片親の子。復習塾と進学塾を兼ねて、成績も上下さまざまな生徒がいた。

保護者面談は教室長のぼくが直接おこなったので朝から晩まで疲れたが、ちょうどぼくと同世代の親が多く、ひとりひとりとの人間交流は切実で、悩み相談も受けたりした。

それは、ぼくの人を見る眼を深めてくれたかもしれない。いいことばかりではなかったし、失敗もずいぶんしたけれど、次のように生徒に言われると、ホロリだった。

〈サソウがうちの学校の先生やったらええのにな。〉

〈また「港のヨーコ・ヨコハマ・ヨコスカ」歌ってえや。デデデデッテッテ、デデデデッテ……。はよ、しいや、ためらってたら結婚もでけへんで！〉

〈横浜って、どんなとこなん？　行ってみたいなあ。連れてってえや。〉

〈サソちゃん、ずっと独身でええん？〉

泣けてくる。ありがとう。みんな本当にありがとう！　巣立っていったひとりひとり、今ごろ立派に生きてるやろなあ。ぼくも詩の世界と人生でしっかりがんばるよ……。

以上のいきさつの断片は、以前にもエッセイに書いていた。実は、それを読んでくれたことが、出会った頃の妻がぼくに好感をもってくれる始まりだった。大阪のかわいい女子小学生たちのおかげで、東京で妻とつきあい、横浜を共に歩いたとは、不思議な運命だ。

＊＊＊

2008年、2009年あたり、大阪時代の最終ラウンド、多忙な中の少ない休日をとらえて、ぼくは誰にも言わずに横浜をひとり歩いた。新幹線や飛行機と宿をセットした前売りでかなり安く行かれたのをいいことに、休みの度に、故郷・横浜神奈川へ出向いた。その前の時期には、長崎紀行や韓国・ミャンマー・ベトナム・フランスなどをよく歩いたが、ついに我も40歳になり、このまま大阪で暮らすのもいいけれど、心の奥でさびしさが叫んでいた。横浜にはもう、気楽に会える親族や帰るべき場も一切無かったし、浦島太郎として横浜をウロウロすれば、よけいにみじめになると分かっていたが、休みが近くなると、ぼくの詩の心が、山下公園や大桟橋や本牧の海釣り桟橋や湘南の海で風に吹かれたいと叫ぶのだ。日頃、大阪港にはよく行っていたし、いまでも大阪で一番好きな場所は大阪港だが、それもやはり、横浜港にどこか感じが似ていたからだった。

仕事着を兼ねた、冴えないベージュのジャケットを着たまま、ぼくは何度も何度も、横浜を訪れた。夏も同じ格好だから、汗びっしょりになり、これはオレの体が泣いているのだなどとキザな独り言をぶつぶつ言いながら……。港エリアだけじゃない。あの少年期・青年期の深い森、卒業した小中高の校舎（高校は廃校していたが）、幼少期の土地、さまざまな仕事で親しんだ横浜神奈川のさまざまな地域、文化的な模索に彷徨った場所、飲んだくれてフラフラした場所、そして役所で手に入れた戸籍謄本・除籍謄本を頼りに推理してはさがし回ってつきとめていった父方の足跡、……。自傷行為にも似た、痛みばかりの時空の旅だったかもしれない。

それでも、どこの裏通りにも、ぼくがいた。あの頃のぼくがいた。日本や世界を転々として、あっという間に40年。深夜2時の冬の山下公園でベンチに腰掛け、運命の波音を聴きながら、ブラック缶コーヒーを飲む。泣いたりしないさ、ふん、これでいいじゃん、とつぶやいていた。

＊＊＊

だが、運命はひたすらかなしいだけじゃない、豊かと思えることもあるんだと知ったのはそれからだ。

２０１０年からの東京時代に妻と出会い、物悲しくダークトーンだった記憶のハマを、革命的な塗り替え儀式のように共に歩いて、真新しいハマの思い出を作り直し、それを詩や散文に記すことで心を鎮める作業が始まった。横浜に興味をもってくれる彼女には感謝しかなかった。ぼくはこう見えても生粋のハマっ子だから、巷の観光ルートとは全く違う、「ならでは」なツウな裏通りを通って表通りも別の文脈で案内し、半生について語り合った。そして、同時に妻の経て来た半生を聴きながら、東京西部をやがては奥多摩のかなり奥まで共に歩いた。互いの傷を深いところで受けとめながら、襲いかかっている苦難を共にどう乗り越えて今後の光を呼び寄せるか、真剣に話し合いながら……。

同時期にぼくは、詩と平和に関する全国イベントを横浜で主催したり、横浜の詩の世界に呼ばれて講演させてもらったり、選考委員長に指名されて務めたりした。

そして、２０２１年から、横浜詩人会の会長を務めている。素晴らしい理事さんたちとご一緒に、会員さんたちと充実した展開を共にしている。横浜に住んでいた青年期には会の存在を知らないどころか、この世の誰にも詩を見せずにひそかにノートに詩をつづっていたのだが、京都時代と大阪時代と東京時代に、ぼくは現代詩の世界のかなり奥まで入って行くことになり、北海道などにも詩のコアな縁ができた。その中で、横浜詩人会に入り、わりと熱心に参加していたのだった。

横浜神奈川。人生の正面対峙の輪がこの愛憎複雑な故郷に戻って来た。そういうわけで、横浜詩人会の理事会やイベントなどの度に、定期的にまた、横浜神奈川に来ている。

その前に日本詩人クラブの理事や理事長を務めていた頃、運命のめぐり合わせが懐かしの早稲田の場へぼくを連れ戻してくれたように、今度は横浜。詩の心で詩の世界を続けていたら、かつて血縁の苦しみとさまざまな苦闘の地であった故郷のまちが、ようやくぼくに笑顔も見せて待っていたのだった。

そう、小学3年から5年の頃、担任になった恩師・大輪先生が、それまで病気で休みがちで家庭も複雑で引っ込み思案だったぼくをしきりと励ましてくれて、級友や近所のこどもたちと楽しく人間コミューンを体現していた時代以来、実に約40年ぶりに、ハマがぼくを受け入れてくれたのだ。通信簿「あゆみ」に、「班長として、みんなをよくリードし、楽しい班づくりをしました。学級会、まとめが上手でした。責任感が出てきましたね」などと書かれたことが嘘みたいに、長い間、孤独感の方が圧倒的だった。少しくらい、いま、故郷で感慨にふけったって、運命は大目に見てくれるのではないだろうか……。

そして、大阪の元こどもたちが、人生の苦しみにぶち当たった時に、大らかで楽しい記憶の〈詩の心〉として、ぼくが彼らひとりひとりにそれぞれ贈った特長の真実の褒め言葉をふと思い出してくれるなら、ぼくもその時、彼らの胸の中で大阪に居続けることもできるだろう。ぼくは大輪先生のような偉大な人間ではないけれど……。

詩の世界の用事で横浜神奈川に来る度に、短くても必ず自由時間をつくって、またハマを歩いている。キリがないほど、夢中で歩いている。50を越えて涙もろくなったかもしれないが、いいじゃん、それで。

　この連載は、そうした背景で書かれたものである。書いているうちに、ハマはぼくの〈詩の心〉のエネルギー源なんだと知った。明暗の入り混じったそれをそのまま自分で受け入れるべきだと感じたのは、連載を楽しみに読んでくださった読者諸氏からのありがたい声のおかげだ。感謝である。そして、経済的に楽ではない暮らしを共にしてくれて、ぼくの故郷対峙の執筆を励ましてくれた妻に感謝である。

　故郷との和解、そんなものではないだろう。かなしみも愛で受けとめるなら、ずっと、ハマはぼくのハマだったんだから。

〈外側に何かを期待するよりは、内側から何かを呼び寄せたい〉、それがこどもの頃からのぼくの変わらぬ信念だ。ほんとうの故郷はずっと、胸のなかで波うっている。それを〈詩〉と呼びたい。

夕もやに汽笛が聴こえる
幻じゃない
ハマの港じゃないか
詩の森じゃないか
懐かしい顔、懐かしい声

なんだ、いまも生きてるじゃん
いつもぶつかってばかり
そう思っていたこの故郷
それでいいじゃん
この真夜中の時代に
いまもこんなに
波の音が澄んでいるんだから

＊　詩誌「指名手配」２号（２０２１年１月刊）・３号（２０２１年７月刊）・４号（２０２２年１月刊）・５号（２０２２年７月刊）・６号（２０２３年１月刊）・７号（２０２３年７月刊）に連載したものに加筆した。

詩人打線の夜

侍ジャパン監督は首を傾げる。「うちの二刀流エースも苦戦するこの打線は……」。
一番　ヘッセ　群れない愛で真の調和へ詩の心が駆けていく
二番　オマル・ハイヤーム　バントをしない恋の葡萄酒流し打ち
三番　ギンズバーグ　ＬＧＢＴＱ先取りの路上で吠えるビート詩連打だ
四番　ボードレール　人生の三振王が現代詩パイオニア三冠王とは
五番　杜甫　国破れて山河ありのしみじみ悠久の内省長打だ
六番　尹東柱　ひたむきな信念と現代抒情がハッとさせる韓流痛打
七番　マヤコフスキー　当たれば飛ぶ飛ぶ革命アヴァンギャルド打法だ
八番　タゴール　え、八番かよ、この偉大なる宇宙生命の師よ
九番　ネルーダ　ラストになんとこの最強打者、イルポスティーノだ
投手　先発・ユゴー　セットアッパー・ゲーテ　クローザー・ホイットマン

監督・ホメロス　ヘッドコーチ・アンデルセン　打撃コーチ・李白&イェイツ
投手コーチ・アラゴン&ブレイク　守備コーチ・リルケ　走塁コーチ・ボリス・ヴィアン
いやあ解説のハリさん、このヘンテコチームですよ
〈あんたに喝！　彼らにあっぱれだ！　往年のいてまえ打線もブルーサンダー打線もビッグバン打線もダイハード打線も獅子おどし打線もミサイル打線もかなわないよ〉
いやあ解説のノムさん、どうですか
〈私と同じひっそり咲く月見草よ、ぶつぶつ……、弱者の側の逆転発想、これぞ詩人でしょ〉
いやあ解説のサソーさん、最後にどうぞ
〈オリンピック騒ぎの先の壮大な詩精神共演、明日はまた違うチームが見られるでしょう〉

＊＊＊

侍ジャパン監督は八月の空に黙禱。相手のさすらいミステリー打線に世界平和を思う。
一番　ロートレアモン　ウルグアイとフランス、怪死した無名青年がシュール天才だ
二番　ポー　移民の子孫はアメリカで推理創始、不幸が重なり、それでも大鴉は飛ぶ
三番　ハーフェズ　移りゆく中世ペルシア、イランから愛の詩本塁打を世界へおくる
四番　ツァラ　ルーマニアスイスフランス、ダダ破格の作風は反戦思想と矛盾せず

五番　ブローク　ロシア革命変質の苦しみ、象徴詩で革命描く名作長篇「十二」打法だ
六番　ボルヘス　アルゼンチンから、薄れゆく視力ではっきり見える世の不思議打法
七番　シェフチェンコ　ウクライナから、反骨の物語詩打法
八番　金芝河　お隣韓国で、長篇「五賊」風刺痛打と自然環境快走だ
九番　シェイクスピア　イギリス、役者だったんだね詩人は、と資本論も最敬礼だ
投手　先発・アポリネール　セットアッパー・ペソア　クローザー・ブレヒト
監督・プーシキン　ヘッドコーチ・エリオット　打撃コーチ・ヒューズ＆エリュアール
投手コーチ・白居易＆ブルトン　守備コーチ・マラルメ　走塁コーチ・ブコウスキー
いやあ解説のハリさん、ヤバすぎる与太者達でしょ
〈あんたにまた喝！　ヒロシマの私の胸に響くよ〉
いやあ解説のノムさん、どうですか
〈私と同じひっそり咲く月見草よ、会社より愛をとる私、無難より自由をとる彼ら〉
いやあ解説のサソーさん、今日も最後にどうぞ
〈きのうの面々も圧巻でしたが、ますますポエジー爆発、詩精神は無限の生命力です〉

＊＊＊

侍ジャパン監督はそろそろ詩人ジャパンと対決したくなる。まずは初戦だ。
一番　小熊秀雄　しゃべり捲くれ、反骨民衆アヴァンギャルド、いきなり饒舌長打連発だ
二番　西脇順三郎　史上最強の二番打者、旅人かへらず永劫へホームランボールも返らず
三番　茨木のり子　人口に膾炙したしなやか精神スラッガー、心に響く詩人中の詩人だ
四番　木島始　圧巻の日本共和国初代大統領への手紙打法、彼こそ主砲四番にふさわしい
五番　河邨文一郎　どっかと構えるダンディな物質の真昼打法、知的で奔放な北方長打だ
六番　高良留美子　戦後詩、現代詩、その良心がここに、ここからさらなるクリーンナップ
七番　石垣りん　働き生きる暮らしの心、いいなあ、わかるなあ、しみじみと反骨だ
八番　金子みすゞ　易しい言葉で深遠な真理を書く彼女をバカにする奴は放っとけ
九番　更科源蔵　北方ロマンの旅は続く、怒るオホーツクに優しい心根を響かせろ
投手　先発・吉原幸子　セットアッパー・中原中也　クローザー・黒田三郎
監督・萩原朔太郎　ヘッドコーチ・関根弘　打撃コーチ・諏訪優&草野心平
投手コーチ・吉野弘&壺井繁治　守備コーチ・土井晩翠　走塁コーチ・高村光太郎
いやあ解説のハリさん、不勉強でよく知らない方々なんですが……
〈あんたに喝！　いずれも詩の世界で超メジャー級だよ、野球はセリーグ中心と思っている愚か者と同じになるよ気をつけなさい、実力の詩だよ、私だってパリーグ出身だよ〉
いやあ解説のノムさん、どうですか

〈私と同じひっそり咲く月見草よ、弱者の側の心が書いてあるね、私もテスト生から這い上がりましたし、選手兼任監督時代は強い相手に死んだふり戦法とか囁き戦法とかやりましたから、手を変え品を変えて工夫する彼ら詩人さんには親しみを感じますよ、ぶつぶつ、おいハリよ、同じパリーグ時代が懐かしいなあ、世間ときたらいつもセリーグ言いよって、この頃は変わってきたけどなあ、我々の頃ときたら、ぶつぶつぶつぶつ〉
いやあ解説のサソーさん、最後にどうぞ
〈アハハハ、ハリさんとノムさんは面白いですねえ、ありがとう、こんな風にBSゴールデンアワーに詩人ジャパン対侍ジャパン戦の実況中継をやってくれるなんて、涙、涙です〉

＊　＊　＊

侍ジャパン監督は読書家として、詩人ジャパン戦第二戦がますます楽しみだ。
一番　川崎洋　おとぼけユーモアの愛ある味わい打法で宇宙の快打、心全開にさせるよ
二番　今野大力　献身的な反骨プロレタリア精神でバントにエンドランに犠牲フライ
三番　辻征夫　ほろ苦くやるせなく豊かな滋味で、新しいタイプのアベレージヒッターだ
四番　知里幸恵　アイヌカムイユーカラの調べ、彼女がまとめた金字塔は夢の場外本塁打
五番　田村隆一　一篇の詩を書くために親しいすべてをコロスなんて、精神の達人打法だ

六番　村野四郎　新即物主義の夜は明けて、現代詩の根幹を支えるクールなスラッガーだ
七番　杉山平一　そんな肩ひじ張らんと、よう見いや、と聞こえそうな豊かな発見打法だ
八番　野口雨情　カラスの子や赤い靴、さりげなく左派的な共感視点だね、雨情先生
九番　種田山頭火　俳句というより一行詩、漂泊の深層が達観の打撃でウチュウ間を破る
投手　先発・小野十三郎　セットアッパー・丸山薫　クローザー・西條八十
監督・石川啄木　ヘッドコーチ・北村太郎　打撃コーチ・中野重治&近藤東
投手コーチ・北川冬彦&立原道造　守備コーチ・三好達治　走塁コーチ・室生犀星
いやあ解説のハリさん、また不勉強を叱られそうですが、初めて読んで感動しました
〈そうか、わかったか、あんたにもあっぱれだ！〉
いやあ解説のノムさん、どうですか
〈私と同じひっそり咲く月見草よ、弱者こそ最強よ、ぶつぶつぶつぶつ〉
いやあ解説のサソーさん、最後にどうぞ
〈第一戦二戦ともに、驚愕の打線と投手陣でしたが、監督とコーチ陣にもあぜんとするばかり、凄すぎますよ、この詩人打線の夜！　彼らは生きている、詩はずっと生きている、ほかにも無数に、あの詩人もいるこの詩人もいる、強力チームは星の数よりたくさんできるでしょう！　今回の世界詩野球大会で痛切に感じたことは、軍事費を増やしている場合ですかってこと、詩精神に国家の壁なんてないでしょ、バカみたいな国際政治と世界経済、

これからはね、詩人が地球生命の番人になるしかないですよ、詩の心こそが人類再生の道でしょう、ありがとう、世界の無数の素晴らしい詩人さん！〉

海と森のこの地球スタジアムにつどう愛すべき読者諸氏よ、やっぱ、詩はいいじゃん。

あとがき

詩論をその対象で見た場合、次の三種に大別できるだろう。

第一は詩そのものへの考え方や感じ方、詩想とも呼べる詩の心の中枢を展開した文章。哲人的に詩の原理などを熱心に説いていた大昔の詩人だけでなく、古今東西、多くの豊かな詩想展開が、時に普遍的に、時に個性的になされてきた。

第二は他者の書いた詩世界を対象に批評分析する詩作品論や詩人論。それぞれの詩人の仕事の特徴を外部からの客観的な眼で、かつ内在的に述べる詩論は、その対象を人はどう読むのか知る新鮮さがある。

第三は作者自身が自作詩やその背景を語る論。滅私奉公的な反動的道徳観と俳句的な反饒舌風土が濃厚なこの国ではこの方面が後回しにされがちだが、古来、詩と出会った時に作者がどういう思いや人生背景で書いたのかを知りたくなるのが一般読者というものだ。

他方、詩論をその文体で見た場合には、次の三種に大別できるだろう。

第一は批評や紹介文・案内文の書き方。世の書評や詩人論の多くはこのスタイルだ。的確な論の展開によって、その対象詩集や詩作品を読んでみたくなるから不思議だ。

第二はいわゆるエッセイ風。と言っても本当に気ままに流れていく持ち味の随筆とは違い、あくまで対象分析の枠内で、評者の感性による自由な切り口で親しみやすさを加味したものと言えよう。

第三は講演録や放送再現を中心とした、話者が聴衆に語りかけるスタイル。アルゼンチンの詩人ボルヘスによる詩論の国際講演文などが好例として浮かぶが、人から人へ詩の心が口からの発語でダイレクトに語られる臨場感と説得力があるだろう。

今回、十七の頃の志で目指していた年齢とは五歳ほど超過したものの、詩の道を歩みながらずっと温めてきたわたしなりの「詩想の書」たる詩論集保存版をやっと実現するに至り、右記の三つずつ交錯する詩論対象と詩論文体のバランスを視野に入れて収録を選択した。

だが、十三都道府県での二十近い講演・講座、いくつかのラジオ・テレビ・インターネットでのお話、さまざまな詩誌に発表してきた評論・エッセイ・提言、二百冊近い他者詩書への跋文・解説文・書評、諸新聞や女性雑誌などに書いてきた文芸文章・詩紹介文・映画評・テレビドラマ評、選者や選考委員としての選評系、平和に関する執筆物、そうした数えきれない発信の足跡を振り返った時、そのほとんどをここに収録できない無念はある。その思いを振り切って、それらの中から特に詩想の根幹に関わる代表的なものを十本厳選した。これらを読んでもらえれば、現時点での佐相憲一の詩論の本質を世にのこせたと言えるのではないかと思う。

版元には、三冊の詩集刊行以来十五年ぶりに土曜美術社出版販売を選んだ。理由は次の二点である。ひとつは、詩の世界のわたしがいまあるのは無名時代からお世話になった土曜美術社さんと詩誌「詩と思想」があったからだという感謝を世に示しておきたかったからで、同時にこの困難な時代に幅広く自由な現代詩の明かりを灯し続ける同社と同誌に連帯のエールを送りたかった。もうひとつは、わたし自身が経営・運営する文化企画アオサギにおいて、編集発行人としておかげさまで好評をいただいて多くの良書づくりを任されている諸仕事を最優先して心をこめてしっかり専念するために、この自分自身の分厚い詩論集の細かな仕事は土曜美術社さんに委ねた方が肉体的にも助かるからである。土曜美術社出版販売社主の高木祐子氏と、待望社の詩人デザイナー高島鯉水子氏に、心より深く感謝申し上げる。

妻・真弓さんには今回も深い愛の励ましをもらった。いつも感謝である。

この詩論集を、いまを生きる広範な人びとと、詩を愛してきた過去・現在・未来のひとりひとりの人びとと、すべての根源である太陽系第三惑星・地球に捧げる。そうした大きな時空で、わたしもまた詩の道を続けようと思う。

世界はいつもせつないが、困難でかなしく苦しみに満ちている世の中で、昔もいまも明日も、詩の心こそが分断と差別と悲惨の先に光を呼び寄せることを信じている。

二〇二三年五月四日　五十五回目の誕生日に
世界が深部から大きく変わっていくことを信じて

佐相憲一

著者略歴

佐相憲一（さそう・けんいち）

詩人・ライター・編集者、「文化企画アオサギ」代表。
1968年横浜生まれ。横浜、東京、京都、大阪を経て、多摩地域在住。
肉体労働、頭脳労働、サービス労働、さまざまな仕事を経る。
早稲田大学政治経済学部卒業。

著書

詩集『共感』（1997年東洋出版）
『対話』（1999年東洋出版）
『愛、ゴマフアザラ詩』（2002年土曜美術社出版販売）
第36回小熊秀雄賞
『永遠の渡来人』（2005年土曜美術社出版販売）
『心臓の星』（2008年土曜美術社出版販売）
『港』（2010年詩人会議出版）
『時代の波止場』（2012年コールサック社）
『森の波音』（2015年コールサック社）
『もり』（2018年澪標）
『サスペンス』（2022年文化企画アオサギ）

詩選集『佐相憲一詩集 1983 ～ 2018』（2019年文化企画アオサギ）

詩論エッセイ集
『21世紀の詩想の港』（2011年コールサック社）
『バラードの時間―この世界には詩がある―』
（2014年コールサック社）
『生きることと詩の心』（2023年土曜美術社出版販売）

小説文庫『痛みの音階、癒しの色あい』（2018年コールサック社）

共編著『関西詩人協会自選詩集』第5集・第6集（詩画工房）
『港湾の詩学―回帰すべき地点』『港湾の詩学―詩人の港・詩人の海』
（日本国際詩人協会）
『海の詩集』『それぞれの道～33のドラマ～』『私の代表作』
（コールサック社）
『横浜詩人会詩集2021』（文化企画アオサギ）
『現代生活語詩集2022・地球』（竹林館）
『詩界論叢』第1集（日本詩人クラブ）　ほか

編集文芸書　約200冊

所属　日本文藝家協会、日本詩人クラブ、日本現代詩人会、詩人会議
横浜詩人会、旭川文学資料友の会、関西詩人協会、小熊秀雄協会
詩誌「指名手配」「いのちの籠」「オオカミ」、九条の会詩人の輪

現住所　〒190-0033 立川市一番町1-45-17-203
電子メール　aosagipoem@outlook.jp　　電話 080-2015-9969

[新] 詩論・エッセイ文庫 26

生《い》きることと詩《し》の心《こころ》

発　行　二〇二三年六月三十日

著　者　佐相憲一
装　丁　高島鯉水子
発行者　高木祐子
発行所　土曜美術社出版販売
〒162-0813　東京都新宿区東五軒町三―一〇
電　話　〇三―五二二九―〇七三〇
ＦＡＸ　〇三―五二二九―〇七三二
振　替　〇〇一六〇―九―七五六九〇九
印刷・製本　モリモト印刷
ISBN978-4-8120-2778-3　C0195